我们的学校

〔德〕布丽塔·泰肯特鲁普 著绘
任庆莉 译

北京科学技术出版社
100层童书馆

我写的这所学校并不完美，
学校里的孩子们并不总是开心，
老师们并不总是公平和友善，
孩子们的家长也不总是知道应该怎样做。
我写的这所学校，讲述了生活的样子。
学校是一个这样的地方：
孩子们在这里感受勇敢、不安、孤独、害怕、脆弱、开心、嫉妒、自豪、强大、无视、迷失……
孩子们在这里克服恐惧和困难，交到或失去朋友。
孩子们会打架，会伤害彼此，但也会相互支持和关心彼此。
这里并不是一个一直公平的地方，但这里充满欢声笑语。
在我写的这所学校里，
每一个孩子都是独一无二和重要的，每一个孩子都值得被认真对待。
每一个孩子都有他们想倾诉的故事和秘密。
我的学校是一个集体，是一个社会的缩影。
我的学校可以是任何一所学校。

布丽塔·泰肯特鲁普

目 录

我们的学校 …………………… 02

被欺负的人 …………………… 08

擅长的和不擅长的事 …………… 28

我想交一个朋友 ……………… 42

竞争和鼓励 …………………… 64

挺身而出的勇气 ……………… 84

每个人都有烦恼 ……………… 99

我们的学校

我是贝格曼小学六年级的学生。我们学校和很多学校一样,不好也不坏,是一所普普通通的学校。

其实,只要我们愿意的话,许多事可以做得更好。一所学校之所以好,都取决于这所学校的老师、学生、家长、校长,大家应该是朋友。

一所学校就像学校里的学生一样,也是多彩多姿的,我觉得色彩越多越好。但是,要把各种色彩融合到一起却不是容易的事,这需要有非常大的宽容度。如果学校的老师能让学习新知识变得有趣,如果每一个学生都可以结交真正的朋友,每个人都感觉自己在班级里受到大家的关照,这就是一所好学校。

学生无法选择自己的老师和同学,大家之间的相处不可能一帆风顺。在学校里,有的人会为了权力争斗,有的人会为了友谊争宠;有的人想方设法寻求认同,有的人总想要和别人竞争;有的人个性强,有的人个性弱;有的人勇敢,有的人胆小;有的人安静,有的人吵闹……

有些人会变成局外人,仅仅因为他们与大多数人不一样。

那什么是"不一样"呢?谁来定义这个"不一样"呢?

现在,让我来告诉你在我们学校里发生的一切。

老师总是说，我们的学校是一个集体，我们的班级是一个集体。但是，集体究竟是什么呢？集体意味着大家都是一样的吗？

　　如果一个集体里的每个人都可以做自己，不需要迎合他人，是不是就意味着这是一个好的集体？

　　每个人都必须跟着别人去做他们在做的事情吗？

　　寻找适合自己的路，这难道不是更需要勇气，更让人兴奋吗？

　　如果大家想的和做的都完全一样，世界不可能有任何改变。

我们学校的每个人都有自己的故事，我想给你们讲讲其中的一些故事。

被欺负的人

今天是保罗第一天来上课，他刚转学到我们学校。他希望我们学校能比他原先的学校好。在保罗原先的学校，有一个叫弗雷德的同学，总是欺负他。在那里没有任何人愿意帮助保罗。保罗有点儿紧张，他希望他能在我们学校交到朋友。

今天早晨，马克斯像往常一样坐在操场边，等所有的学生都进了教室，他才最后一个走进教室。

所以，有时他上课会迟到。

他为什么总是最后一个才进教室呢？

他的理由是——他不想在去教室的路上遇到汤姆……

汤姆对每个同学说:"你们不许和马克斯玩!"
我也有点儿怕汤姆。
其实,汤姆看上去并不高大,也不强壮。

但是，汤姆有一帮兄弟。

他是这帮人的头儿，他们都听他的。

就因为有这帮人，汤姆很得意，觉得自己很厉害。

汤姆很聪明，不管他说什么，老师都相信他……
同学们都不喜欢汤姆，但是，大家都有点儿怕他。

只有莉萨不把汤姆当回事儿,汤姆拿她也没办法。

她是唯一一个经常去安慰马克斯的人。

纽曼老师只会说：

"你总是那么好说话，马克斯。

"汤姆就不这样。

"他是一个非常讨喜的男孩！

"你也要脸皮厚一些。

"你的反应有些夸张……你太敏感了。

"如果你任凭别人这么对待你，这就是你自己的错。"

  有时，纽曼老师的话会让马克斯很气愤，但在多数情况下，马克斯很难过。当马克斯生气时，他也会冲着自己周围的人发火，就像汤姆那样，也很粗鲁。

  但莉萨警告他："别跟汤姆学！"

  很长时间以来，马克斯都不再相信任何老师，他只是有时还和莉萨说说话。

  马克斯要是知道还有其他人也和自己有同样的感觉就好了！

  但是，为什么没有人敢把这些话对马克斯说出来呢？

你只要完全忽视他就好，
根本不要听……

受到别人非议的人，往往自己也有错。

小孩子才会这样。

你们必须私下说清楚。

这都是玩笑，你别当真。

你必须让自己有一个更硬的外壳。

他们肯定是在试探你。

你过去不也经历过一样的事。

之后会好的……

一切都只是在开玩笑！

他不是那个意思！

你也不总是天使。

哎，你别这样，
情况根本没那么糟。

女孩才会这样。

避开他就是了!

你就是没出息!

在学校，莉萨从来不给别人议论她的机会，她什么都不害怕。
她很强大！
我也想像莉萨一样强大。
但她很少谈自己的事，也从不邀请别人去她家。
她没有庆祝过自己的生日。
每个人都喜欢她，但她没有一个要好的朋友。
有的时候，莉萨不来上学。
没人知道她为什么不来。
之后她会解释说，她肚子疼……

"别人是如何看待我的呢？他们的感觉是不是和我的自我感觉一样？"莉萨想。

擅长的和不擅长的事

琳达的成绩也许不是班里最好的,但她的声音是我听过的声音中最好听的。

有的时候,人有一个爱好,有一项特长,也很重要。

每当琳达开始唱歌，所有的同学都会停下脚步倾听。

"当我开始唱歌,我会忘记身边的一切。"琳达说。

琳达的班主任是费雷蒂女士,她教数学和音乐。费雷蒂女士很快就发现了琳达的音乐天赋。

费雷蒂女士的课很有趣。

费雷蒂女士也是凯瑟琳的数学老师。

凯瑟琳在下次数学考试中至少要取得"良好"的成绩，否则她就得留级了……

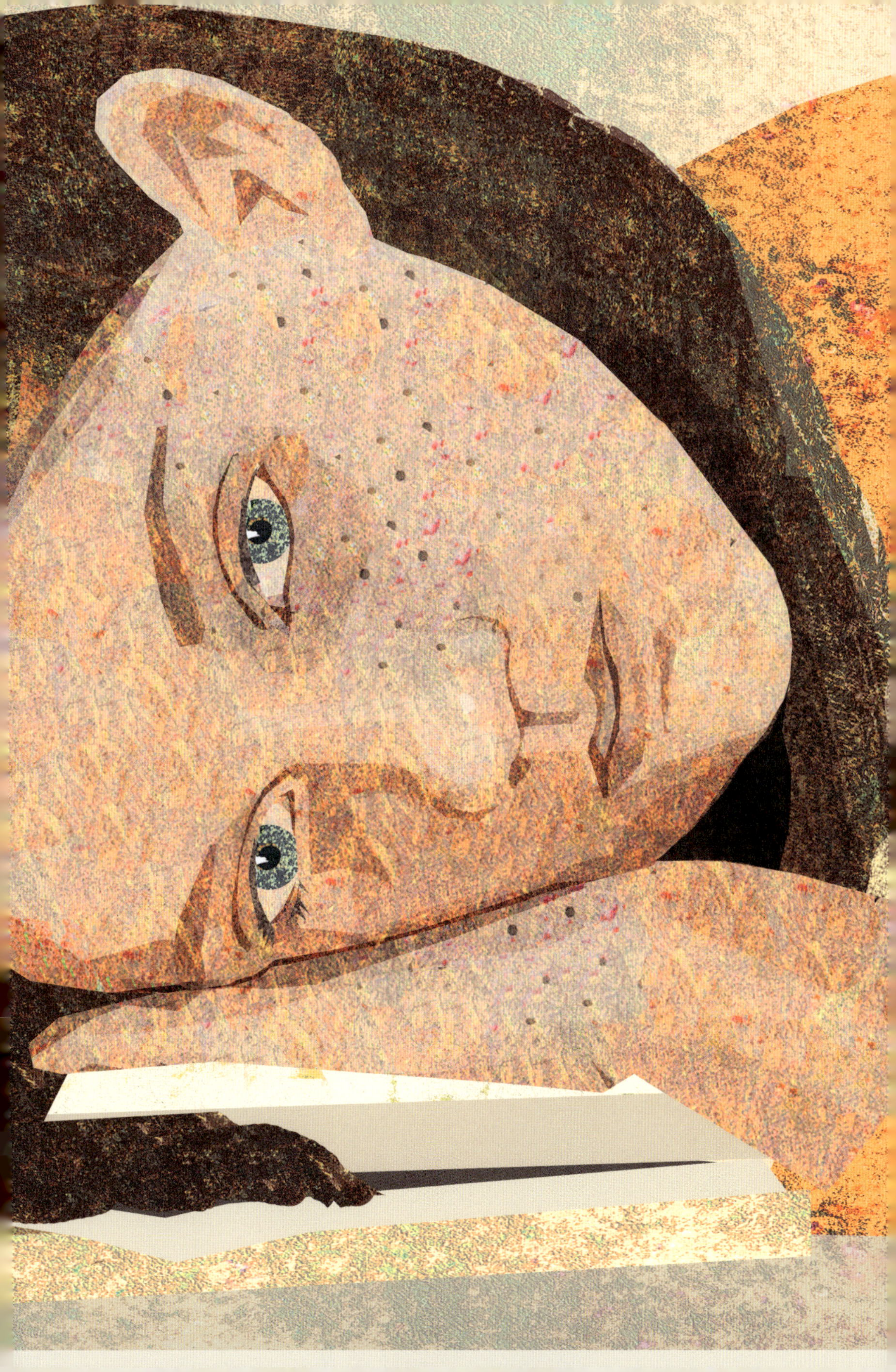

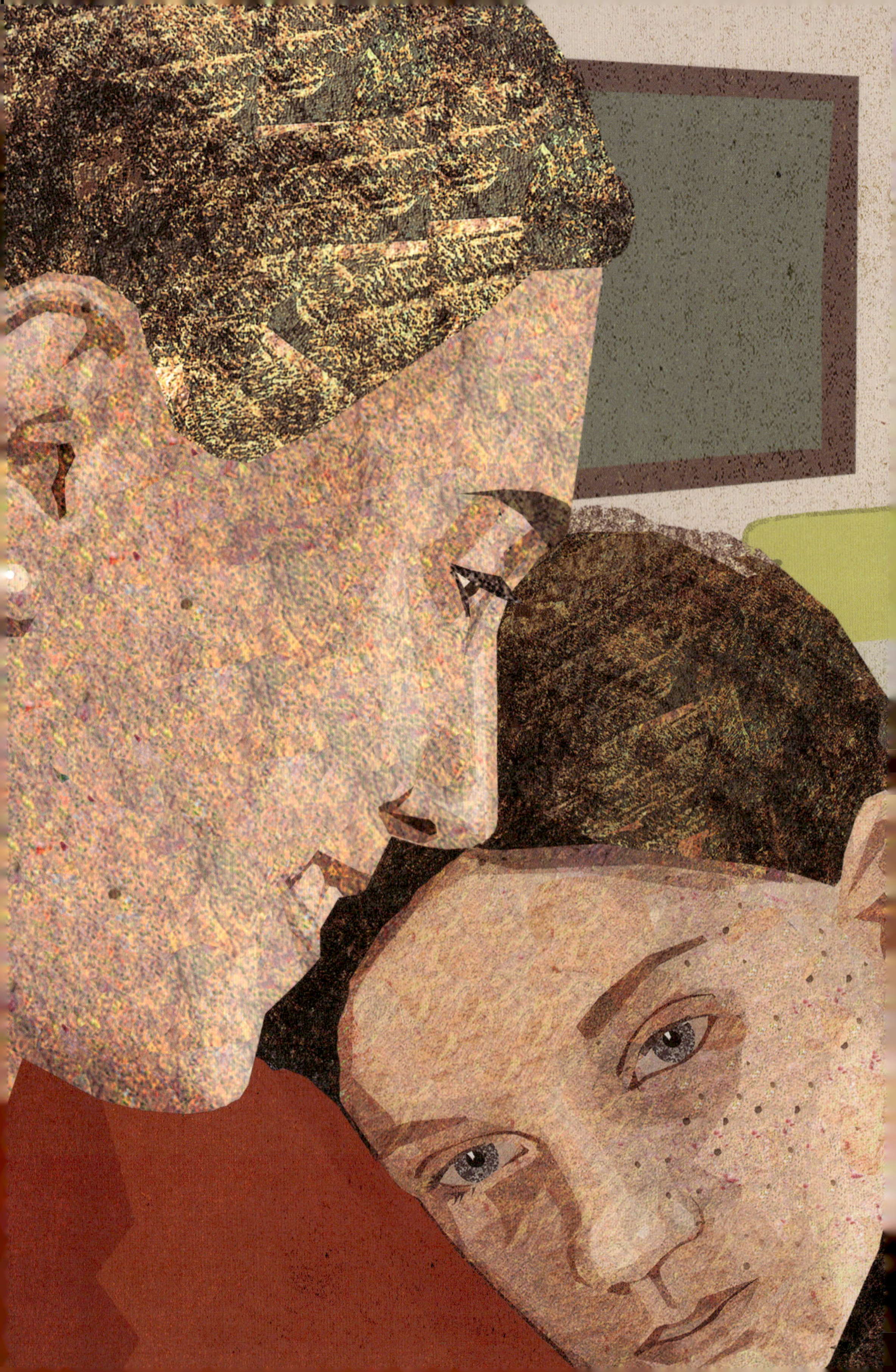

"我们可以做到的。我帮你,你是一个聪明的女孩。我希望你能够振作起来。"

我相信,好老师一定都是学生们喜欢的老师。

看得出来,我们都喜欢费雷蒂女士。

小学毕业后，我们会去哪里呢？

如果不能顺利完成学业，我要怎么办呢？

怎样才算是一个成功的人？

成功的人一定是快乐的吗？

所谓的成功一定和职业、金钱有关吗？
为什么取得好的学习成绩就那么重要呢？

我想交一个朋友

贾米拉刚到我们学校不久,她来自一个遥远的国家。

我喜欢听她给大家讲述发生在她的家乡的故事,尽管大多数的故事都很悲伤。

她不得不逃离她的家乡,因为那里正在发生战争。

这里的一切对她来说都是陌生的、全新的。但是,她很乐观。我希望她能一直这样乐观,走出自己的路。

贾米拉很喜欢我们学校,她学习很努力。和其他同学相比,她需要在学习上付出双倍的努力。她也为我们班集体做出了很多贡献。

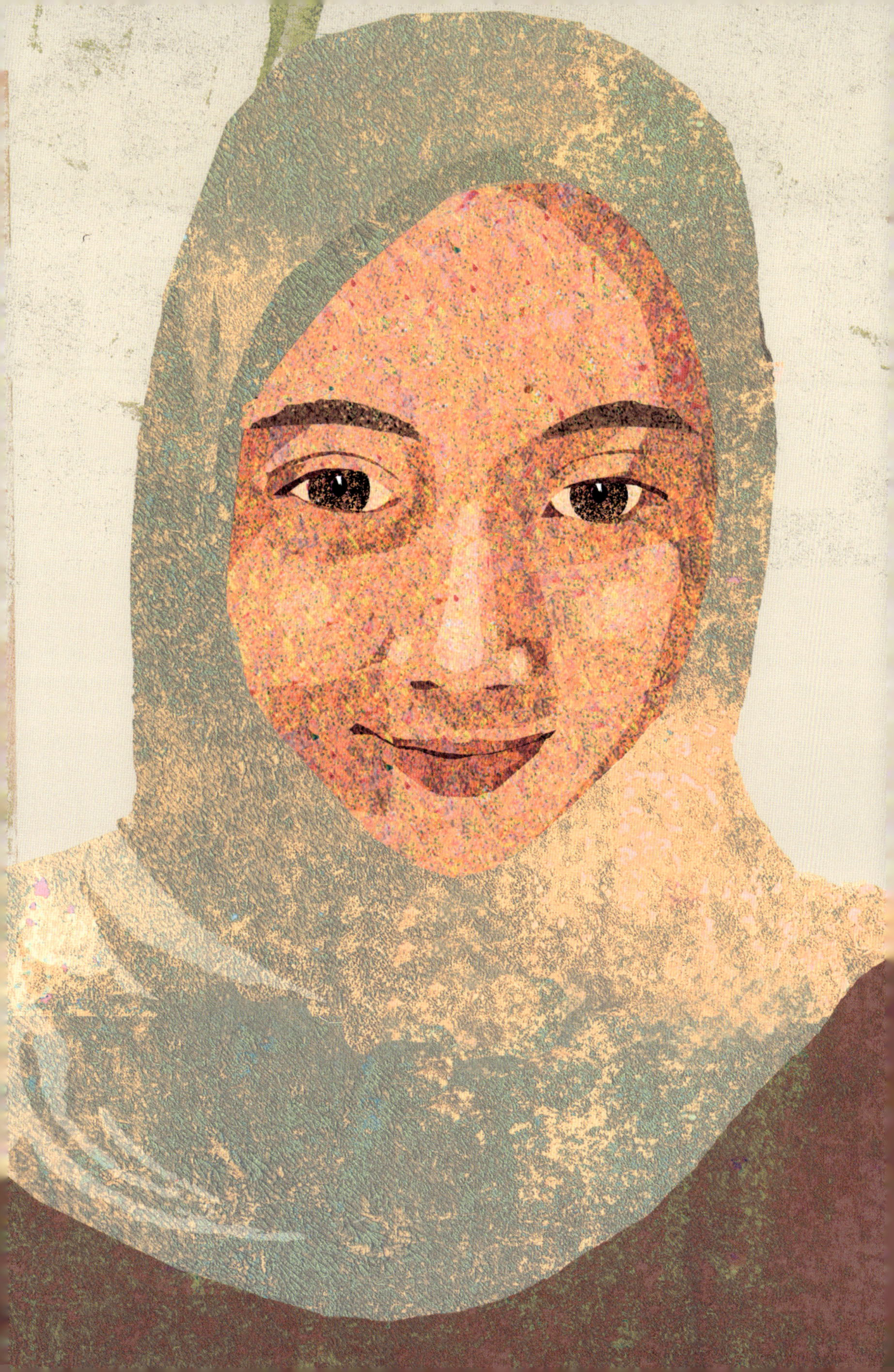

"等我长大了,我想要改变这个世界。

"我的历史老师贝格先生非常相信我。他说,我可以做到。"

"但大多数人不相信我,他们说,人是不可能改变世界的,你也不可能。我一定要证明给他们看。"贾米拉说。

"我真的和她不一样吗?"

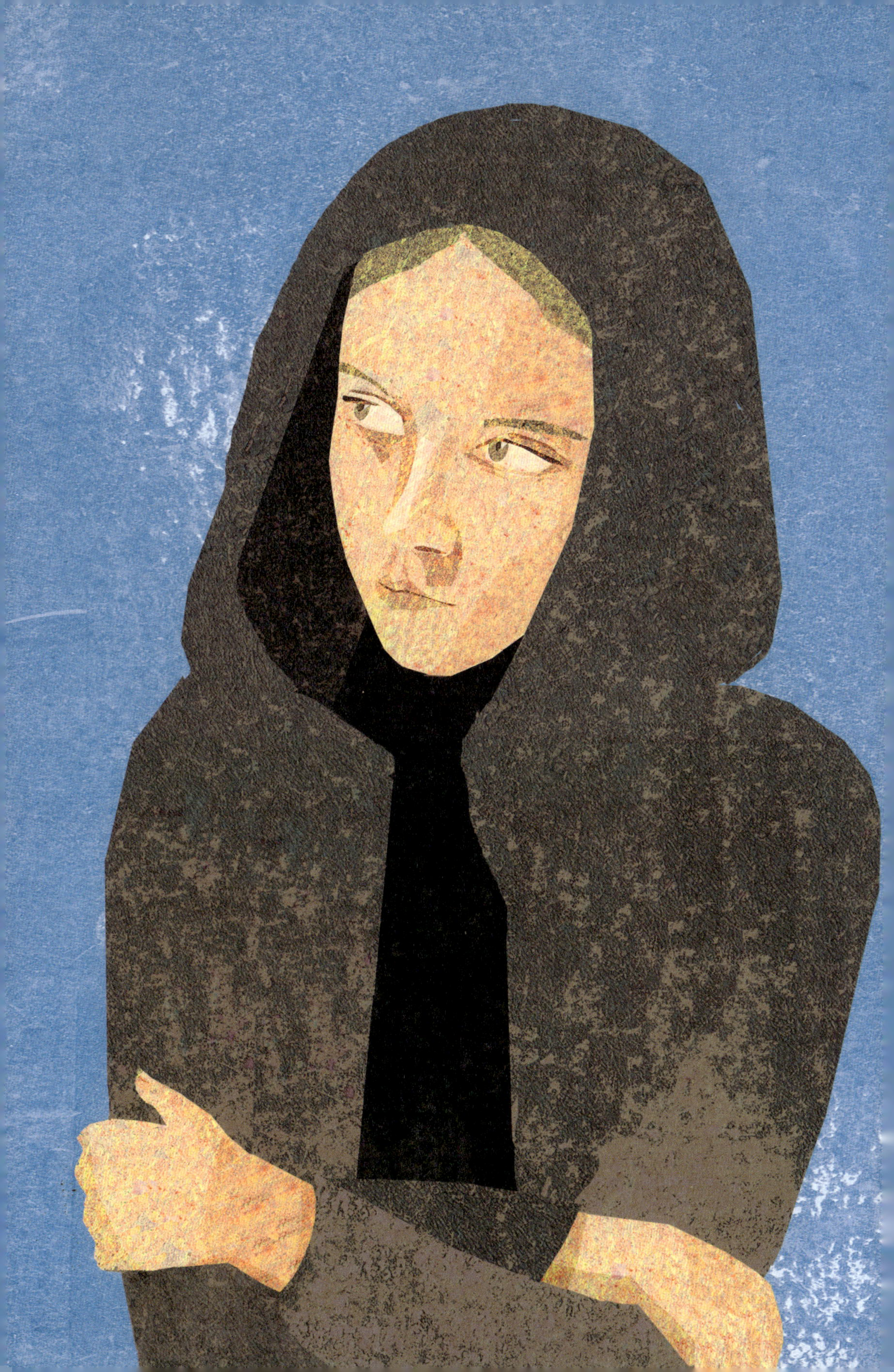

这是保拉……

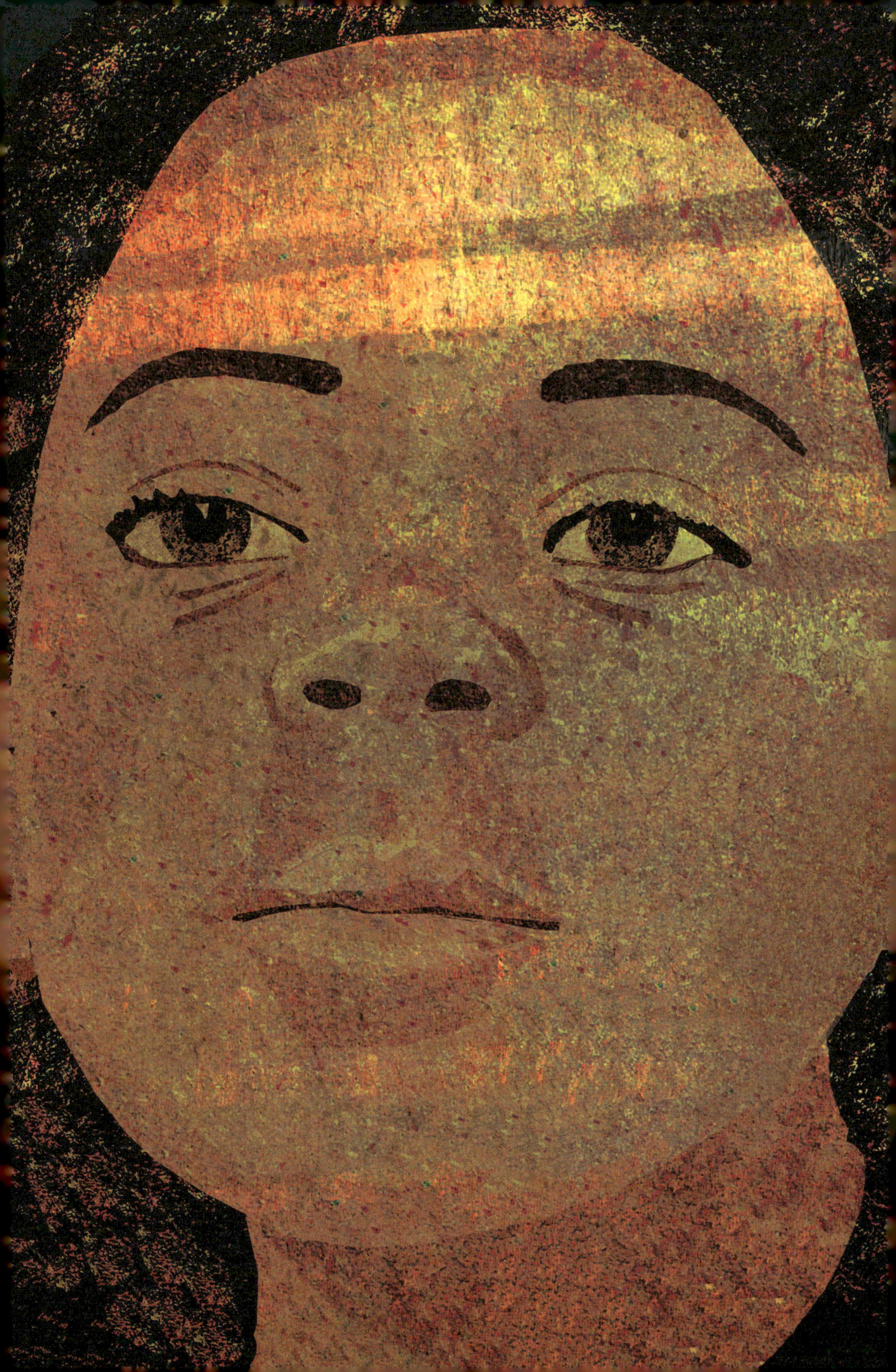

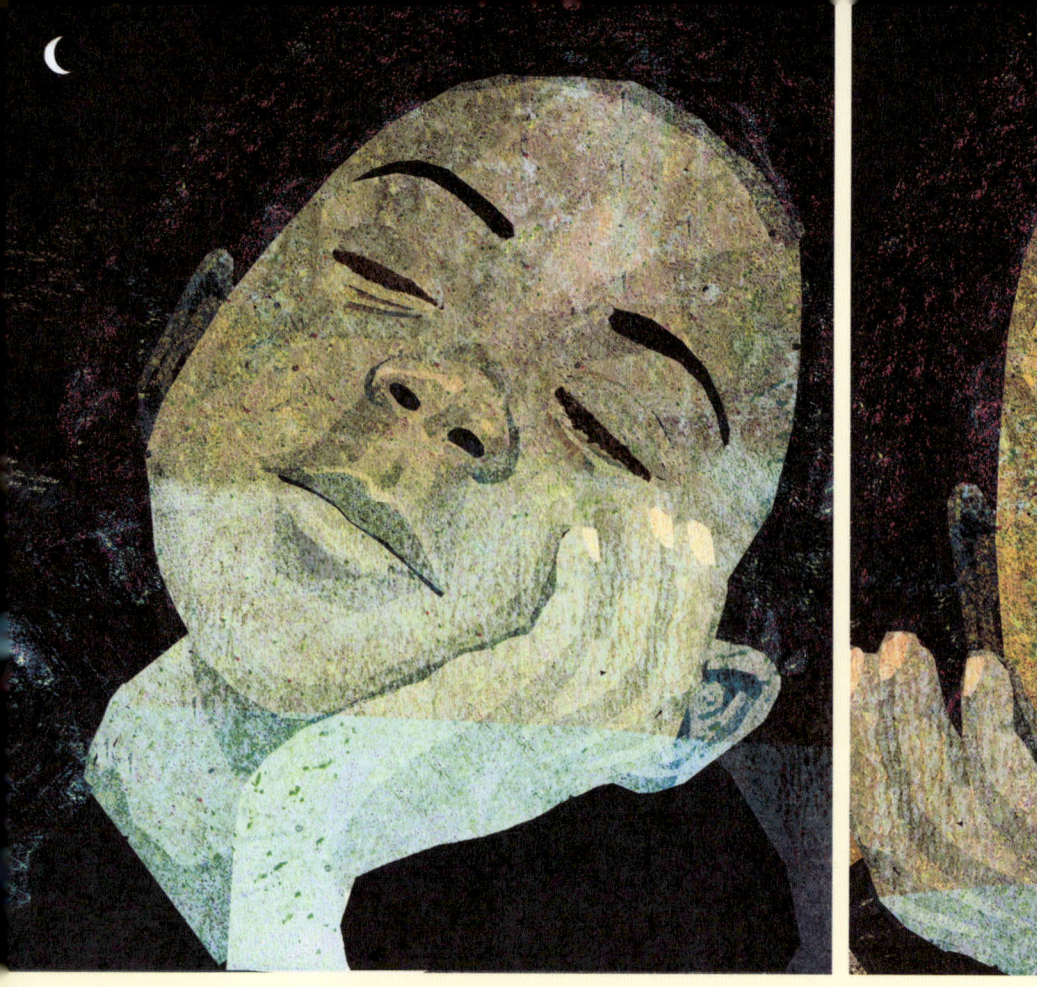

保拉总是因为睡过头而上课迟到!

她甚至已经不再为自己每天早上迟到编造任何理由了。

每天早晨,还很早的时候,保拉的爸爸妈妈就出门去工作了。所以,保拉只能自己醒来。

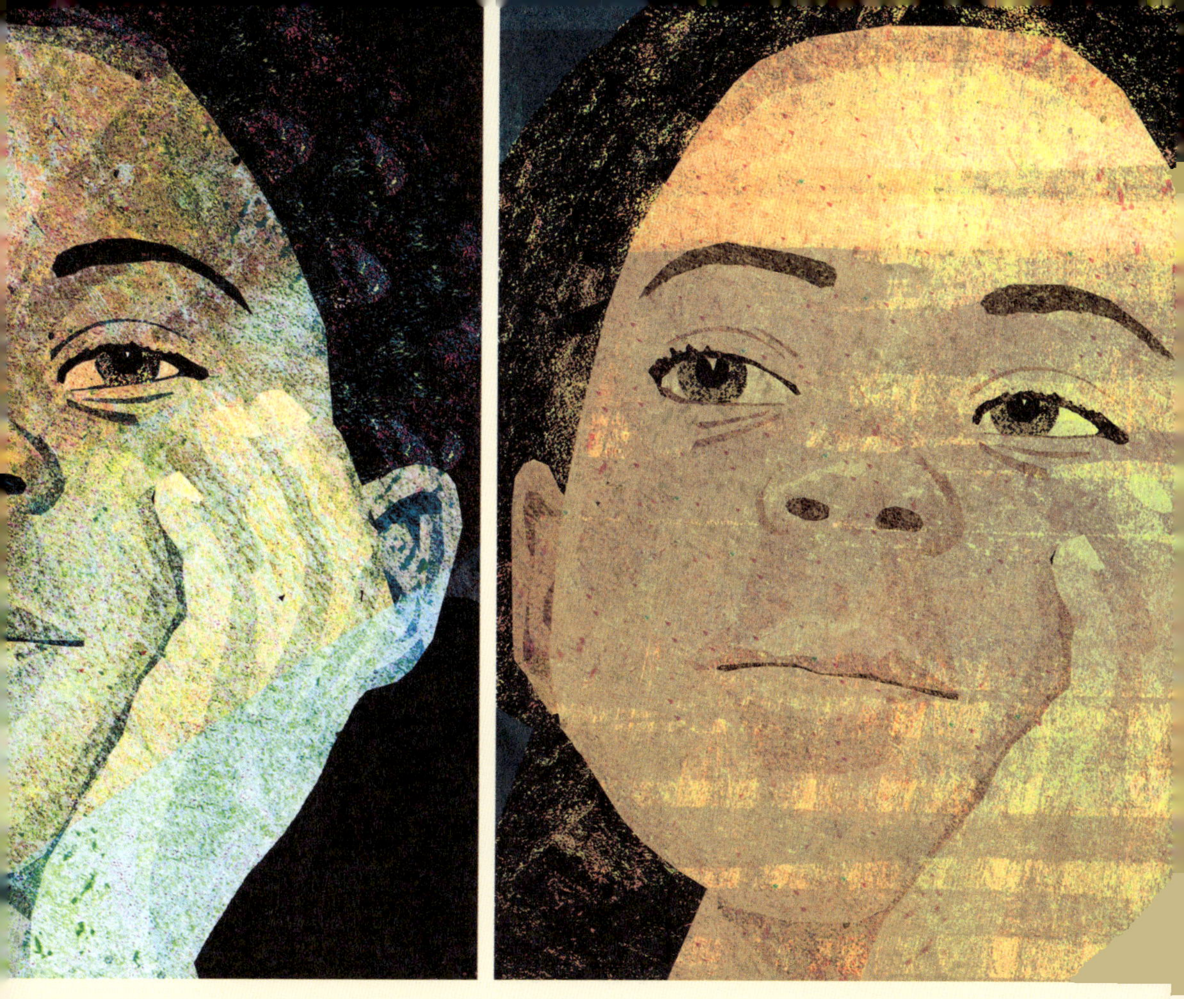

谢林是保拉最好的朋友。

她们俩亲密无间。

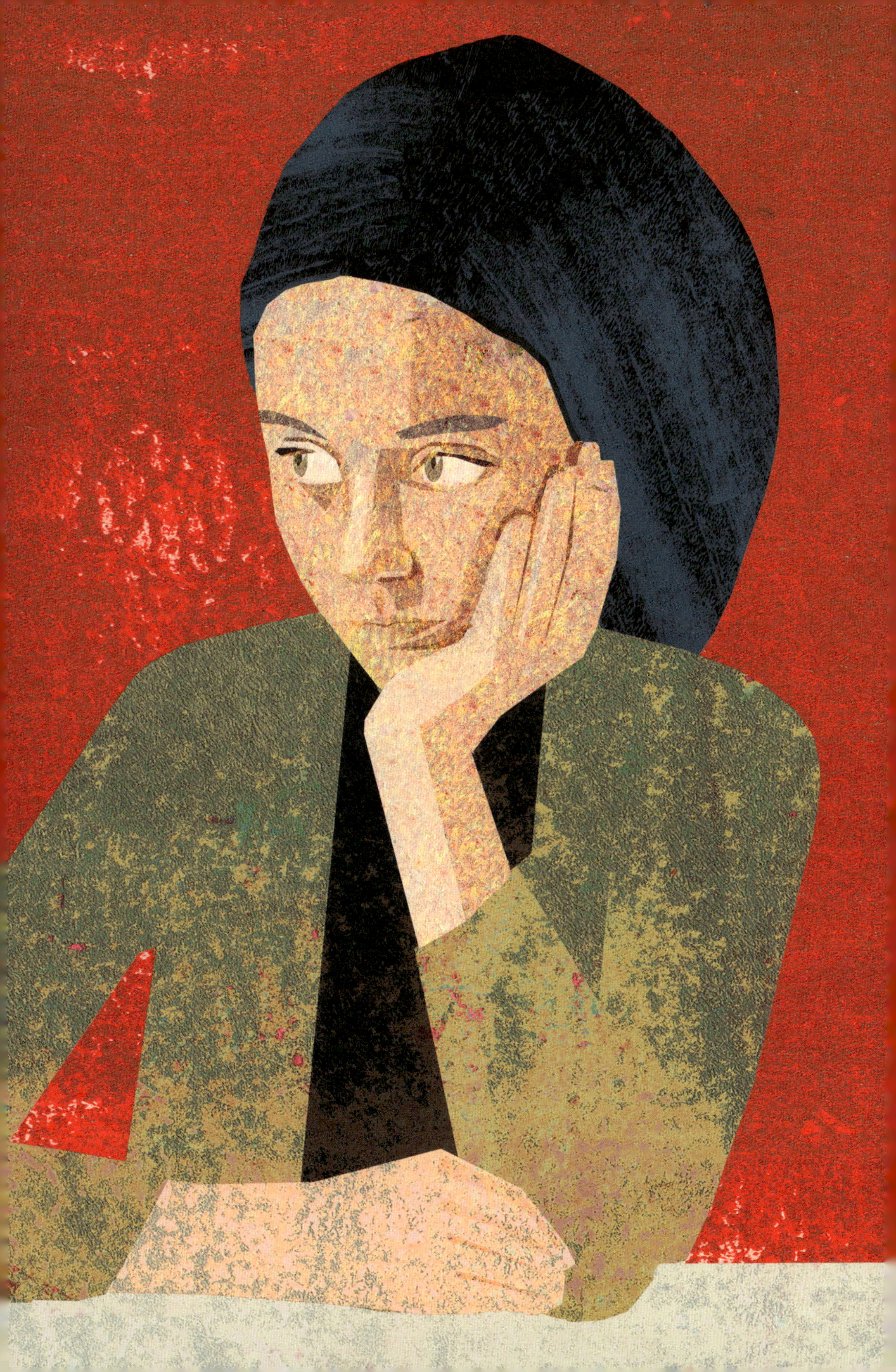

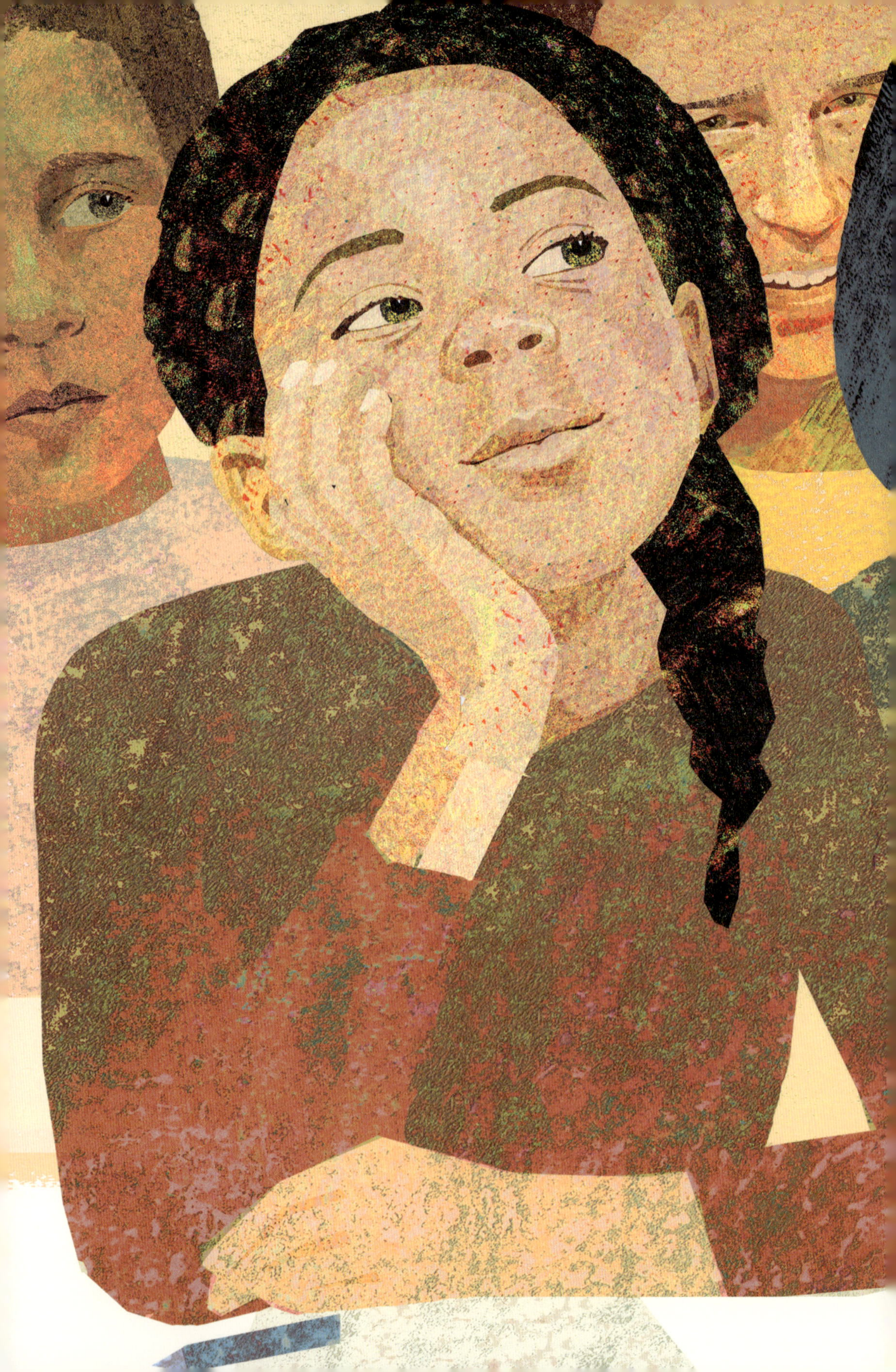

上课时，她们也总坐在一起……

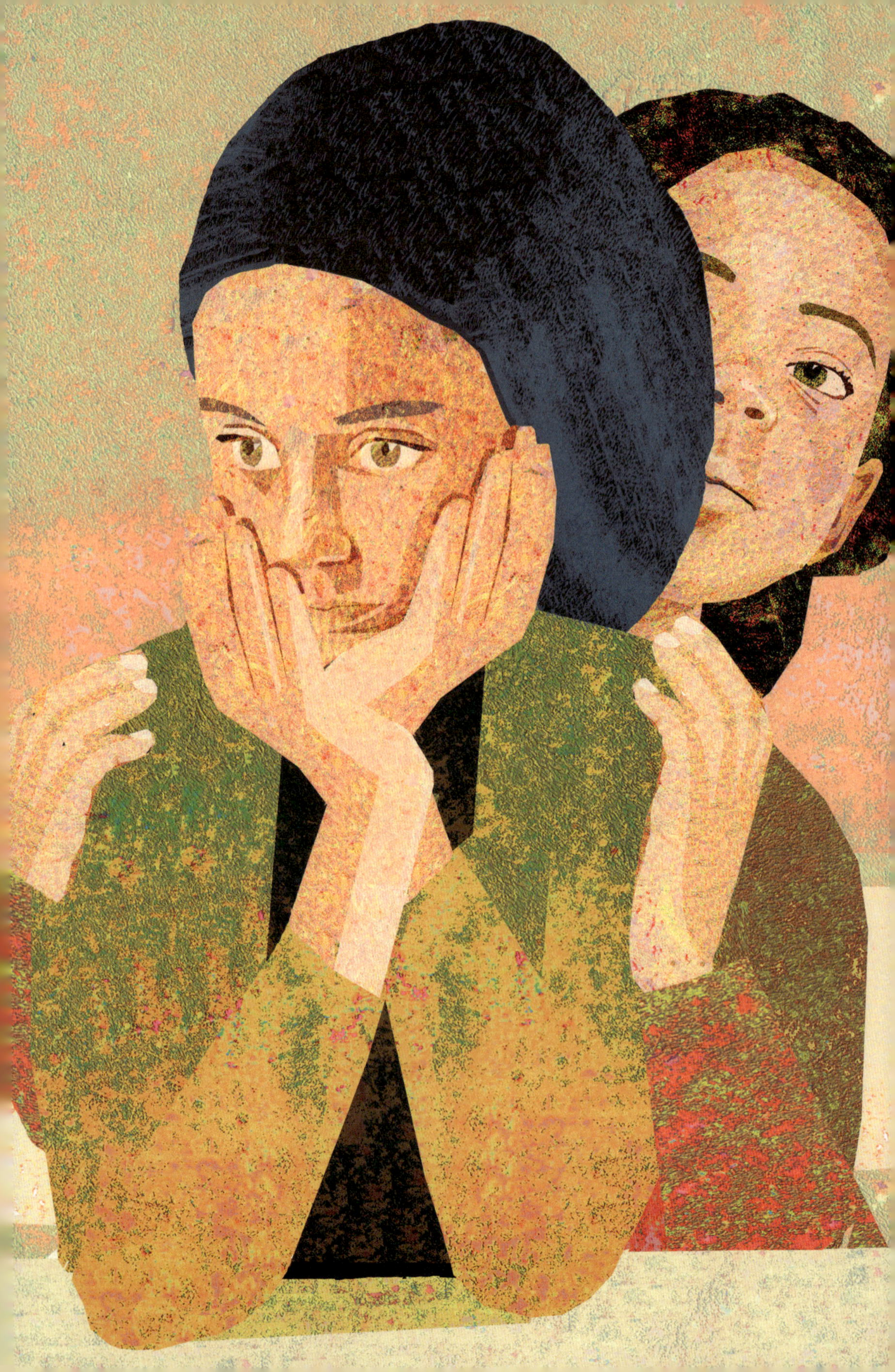

谢林不舒服的时候，保拉会照顾她。她们是真正的好朋友。

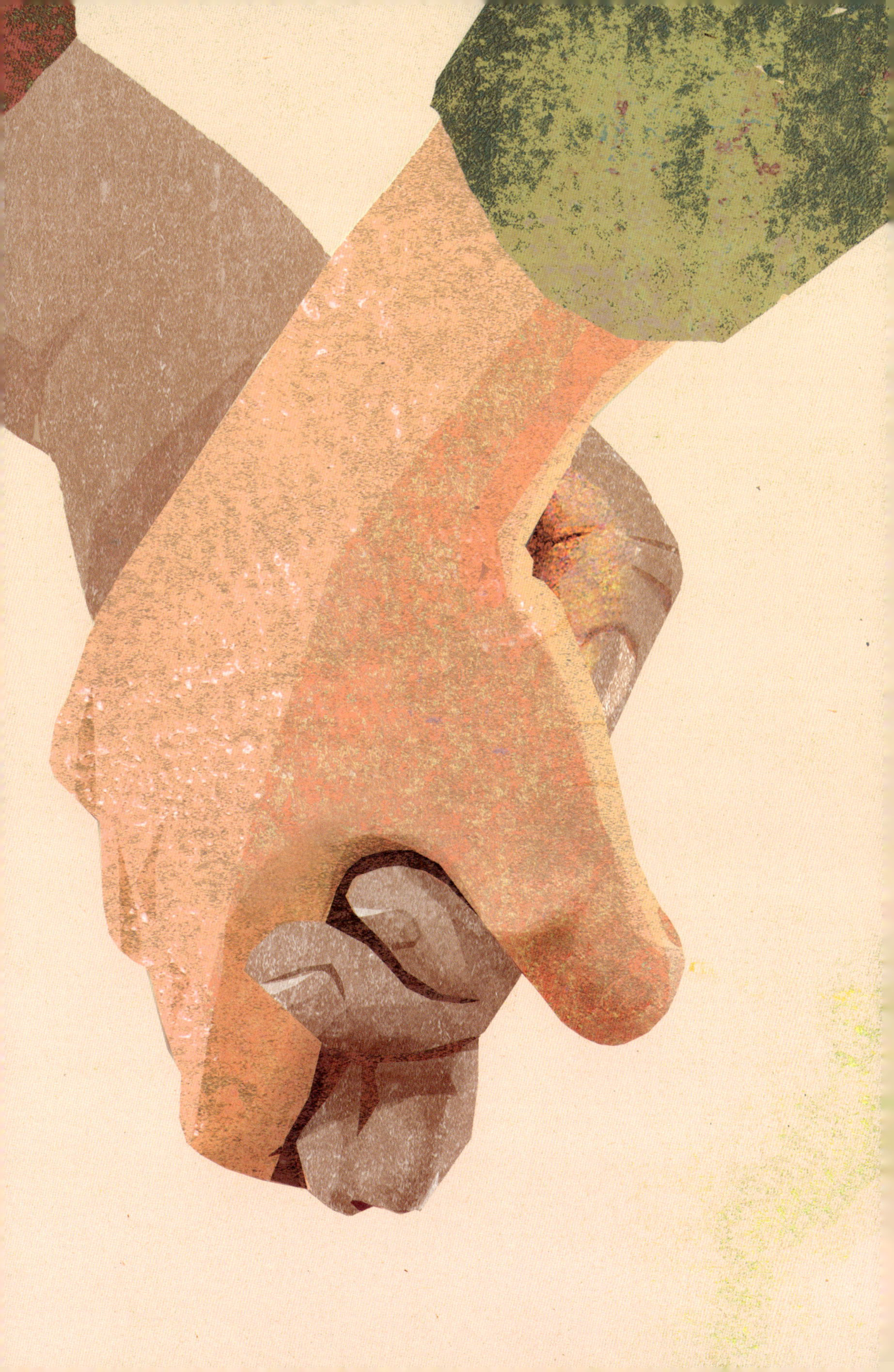

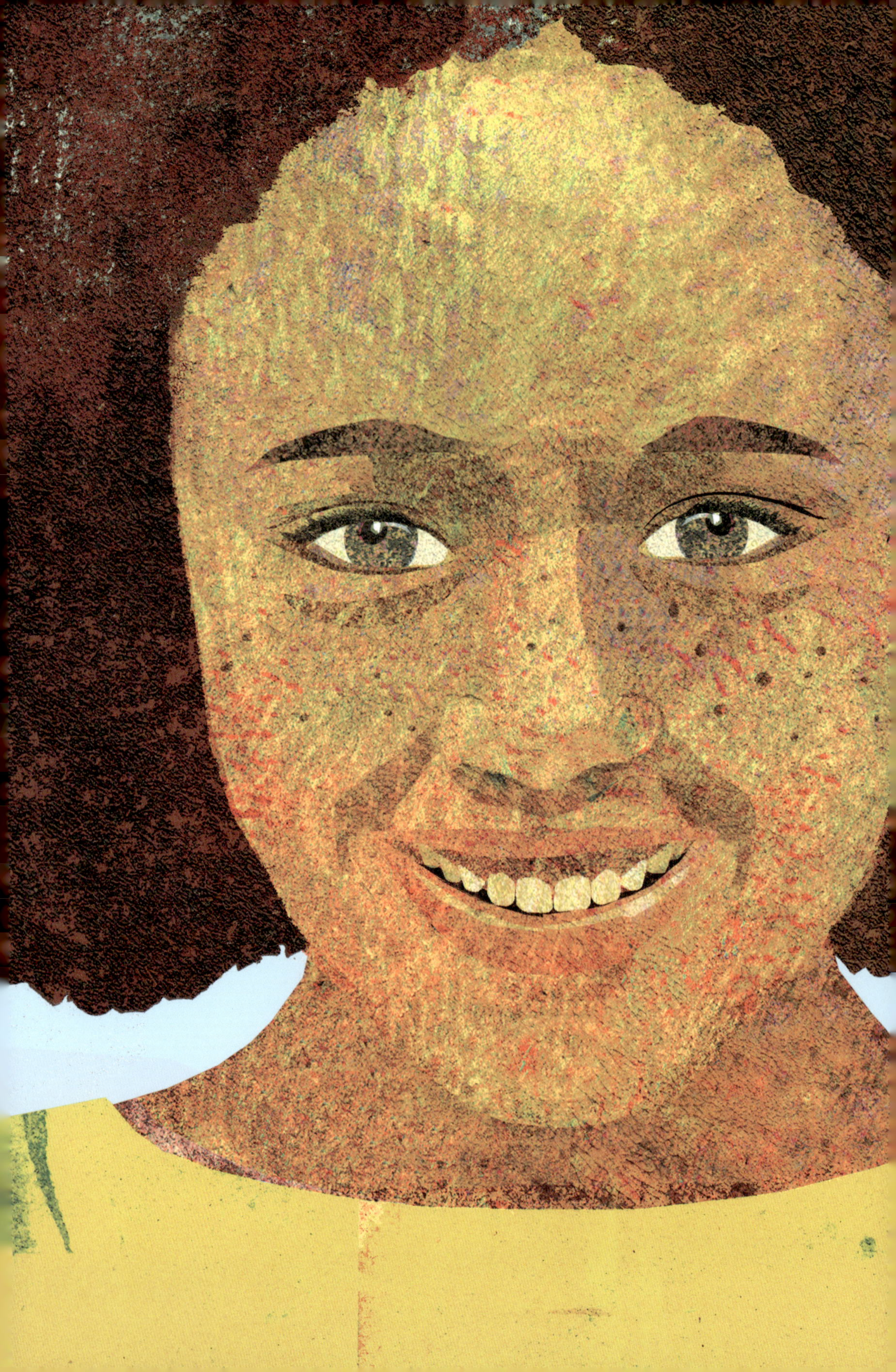

但是，有些人对待别人很刻薄……

昨天他们又把彼得塞进了柜子里，并且给柜子上了锁。

"在我很小的时候,我可以闭紧双眼,然后,我感觉自己消失了。我希望现在的自己也能做到,想象自己在很遥远的地方……"

竞争和鼓励

在体育课上，竞争很激烈。本来是同组的人，可能很快就会变成对手。

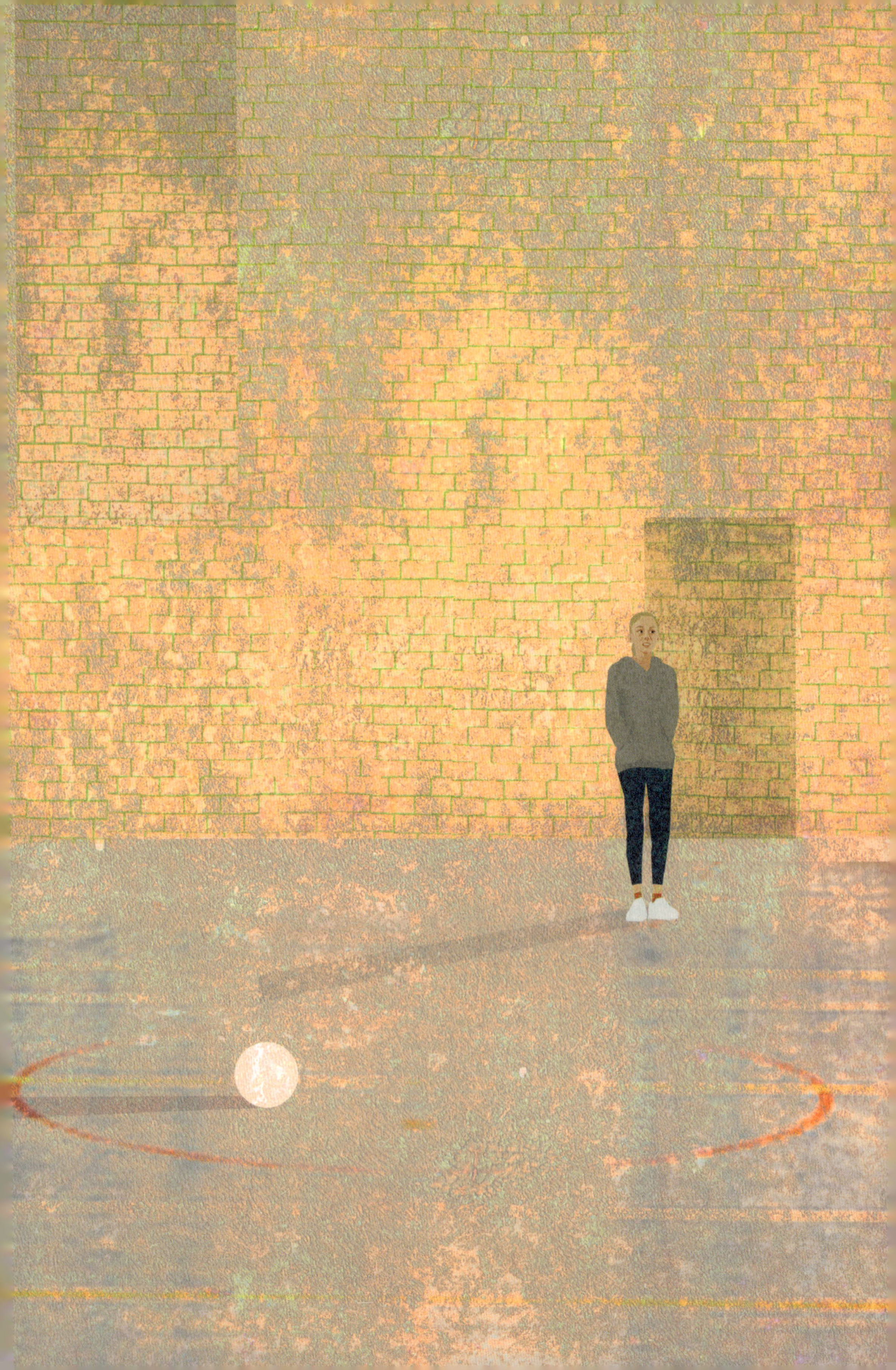

劳拉讨厌运动，当然，她是有理由的……

在今天的体育课上，扎比内选择与克拉拉结成一组，她们两个人都是运动高手。

她们最先选择自己要好的朋友,然后是运动好的同学。她们要赢到最后。

劳拉再次成为最后一个被选中的人。

我会是最后一个被选中的吗？

第一个被选中或最后一个被选中，这真的重要吗？

什么人一看就能赢？
什么人一看就会输？

彼得斯先生为什么要让学生自己组队呢？他完全可以更公平地分组。难道他只是因为懒而不愿意这样做吗？

体育课也不及格的话，怎么办？

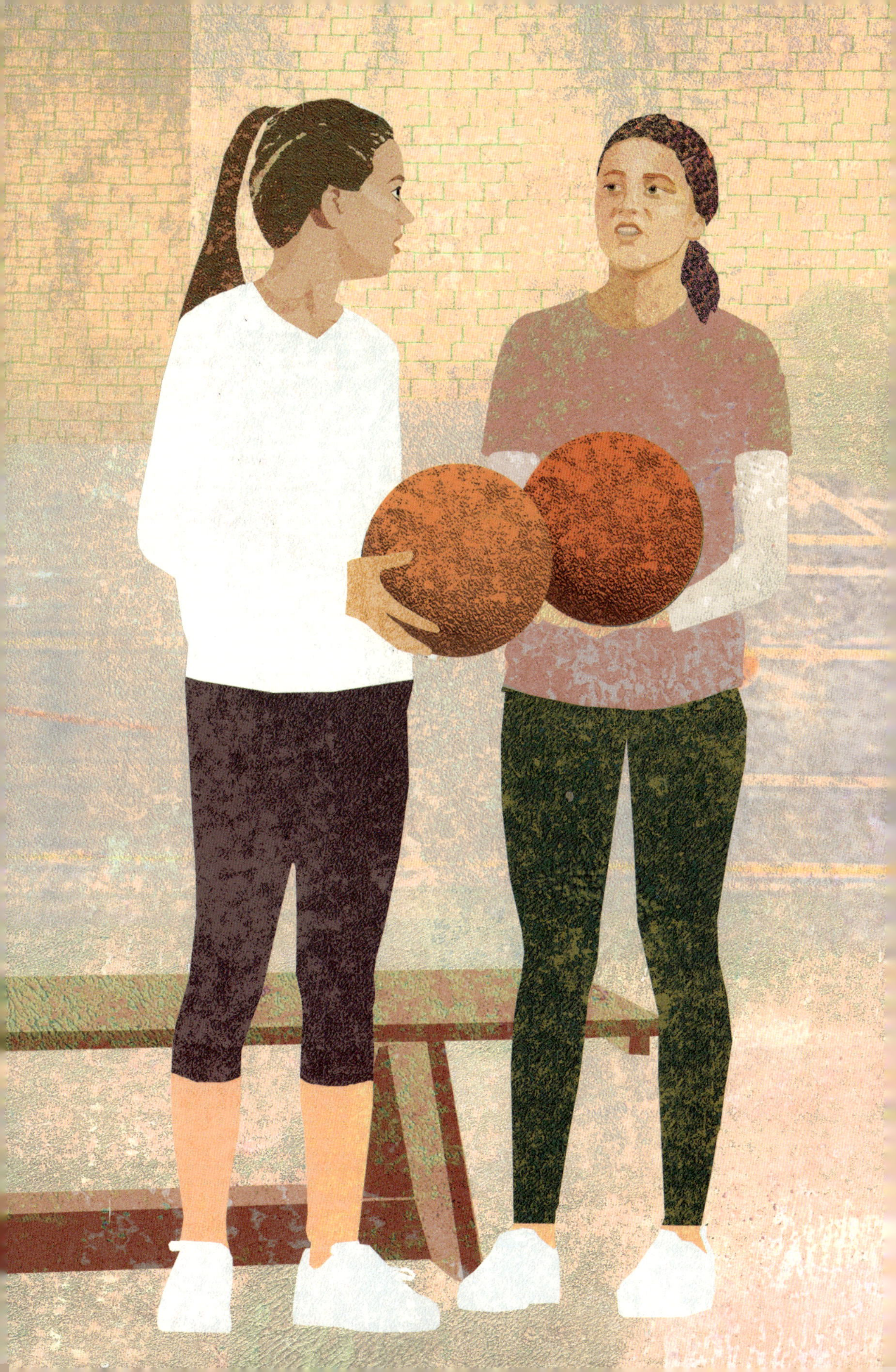

马上要开始的是游泳课……
玛丽有些担心。

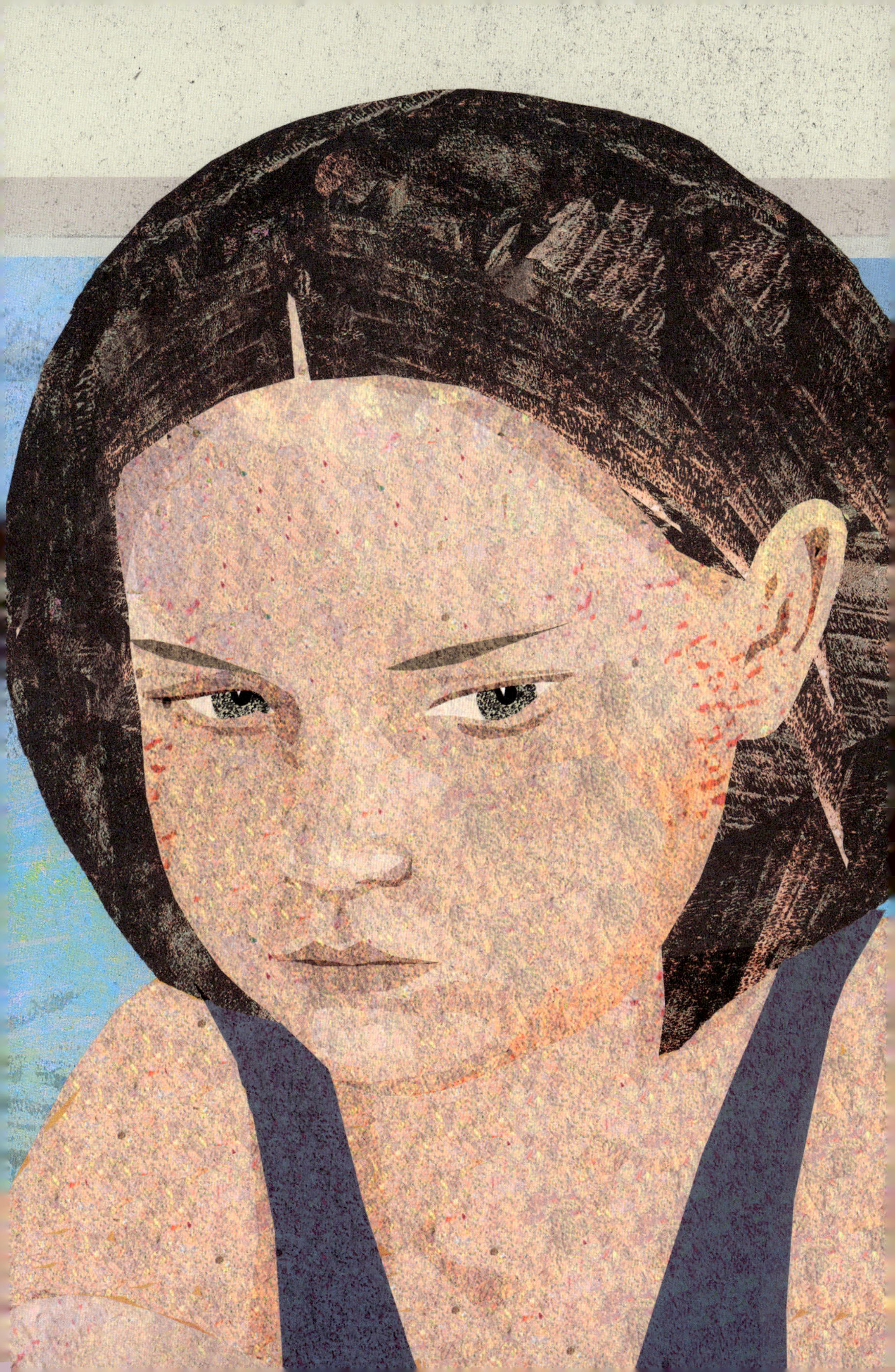

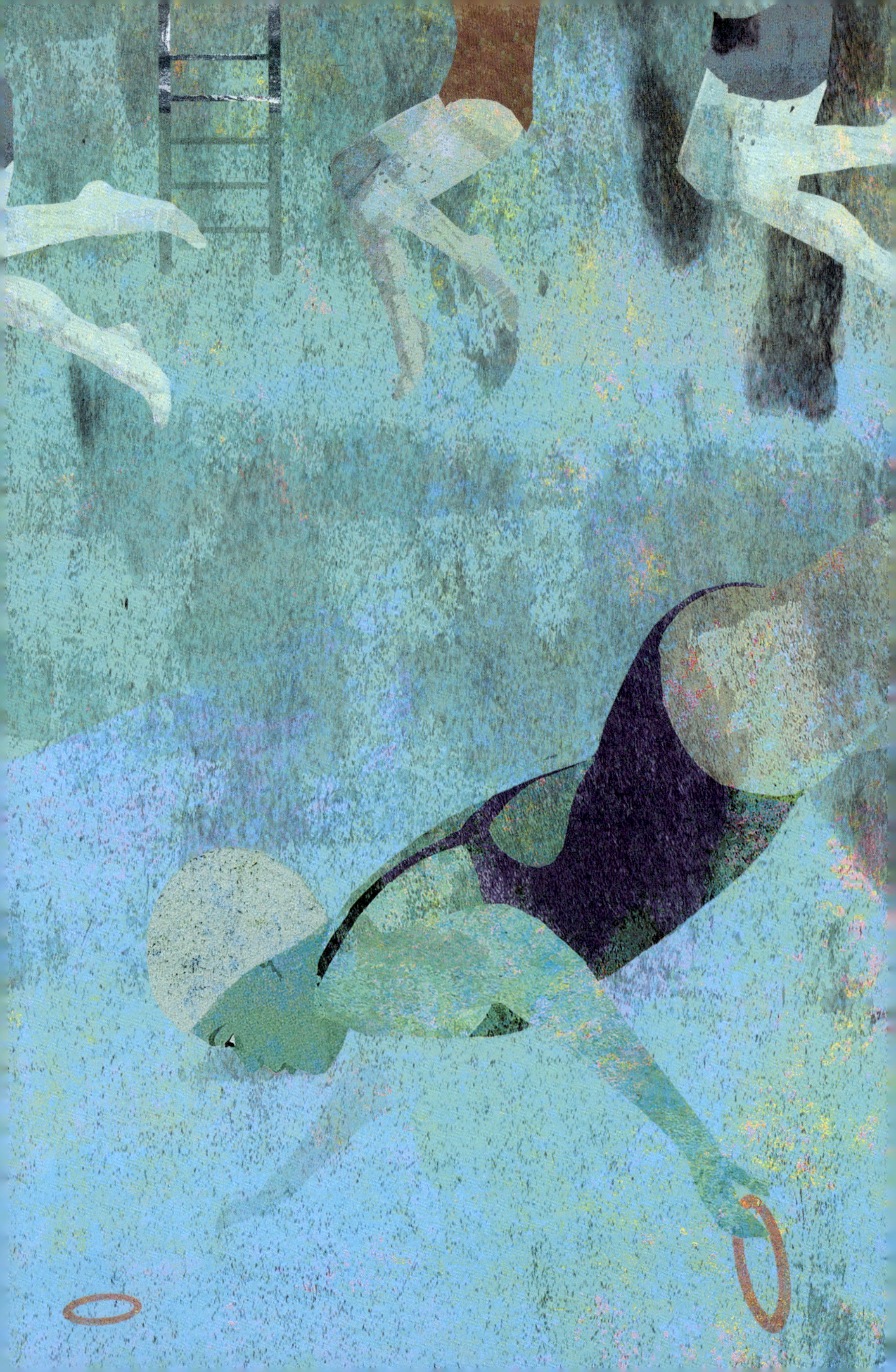

今天游泳课的任务，是每个同学都要从泳池的底部捞上来一个手环，完成的同学才能获得一枚奖章……

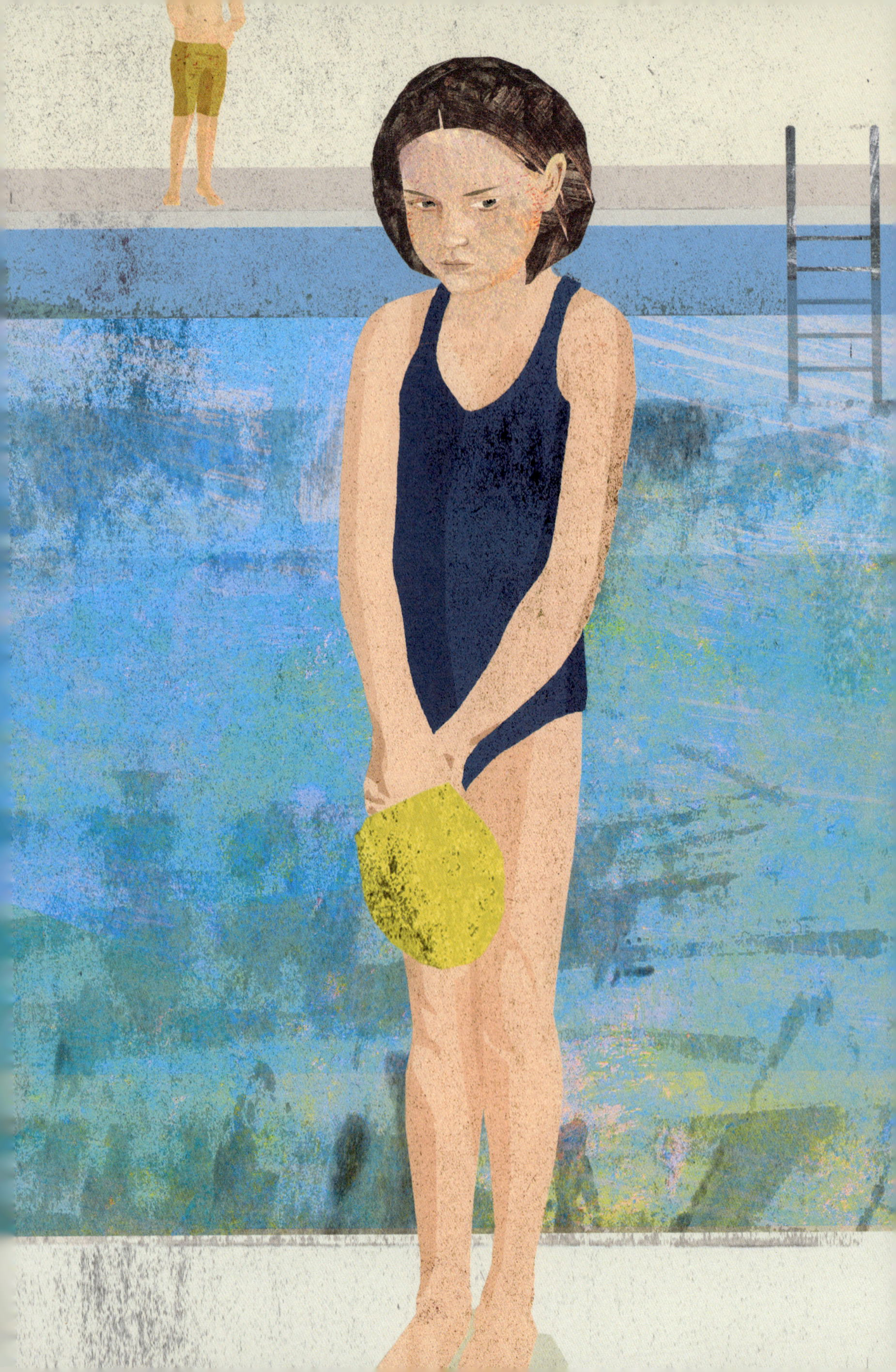

在上周的练习课上,玛丽没能完成任务,所以她担心今天还是不能完成。其实,玛丽很擅长游泳,但是,潜水是她的弱项,两米确实很深。

"为什么我需要这么一枚没用的奖章呢?为什么必须捞上手环才行?尝试潜水是需要很大勇气的,难道这不值得获得一枚奖章吗?重要的是,会游泳不就行了?我游得很好啊!"

其他同学都在鼓励她。

"你可以的,玛丽。即便失败了,也没什么。"
"我们陪你一起潜下去,不会发生意外的。"弗雷德和米洛说。
"但是,你必须自己把那个手环捞上来……"

玛丽决定试一试。

她鼓足勇气，跳进水里，把手环扔向池底……

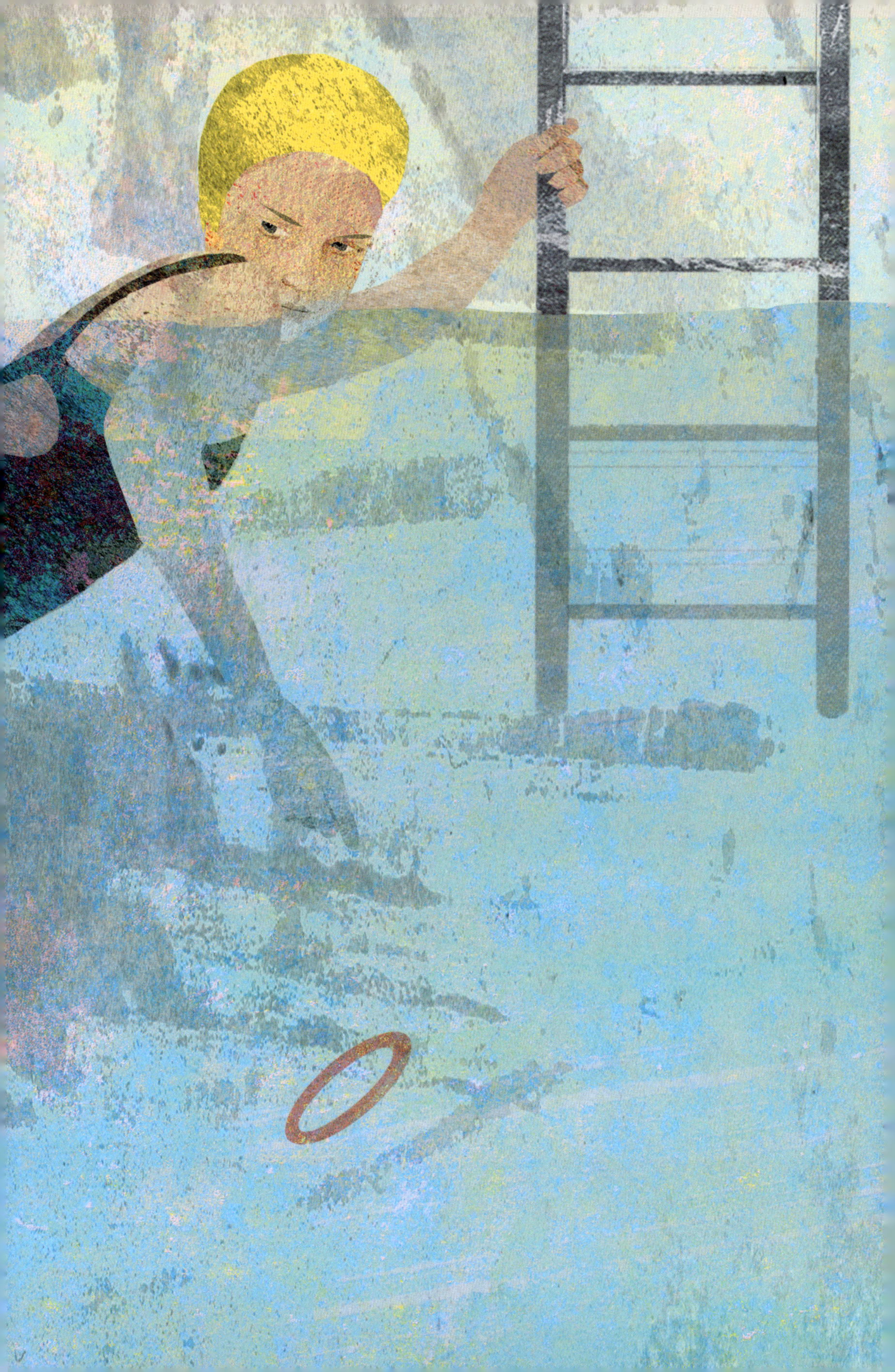

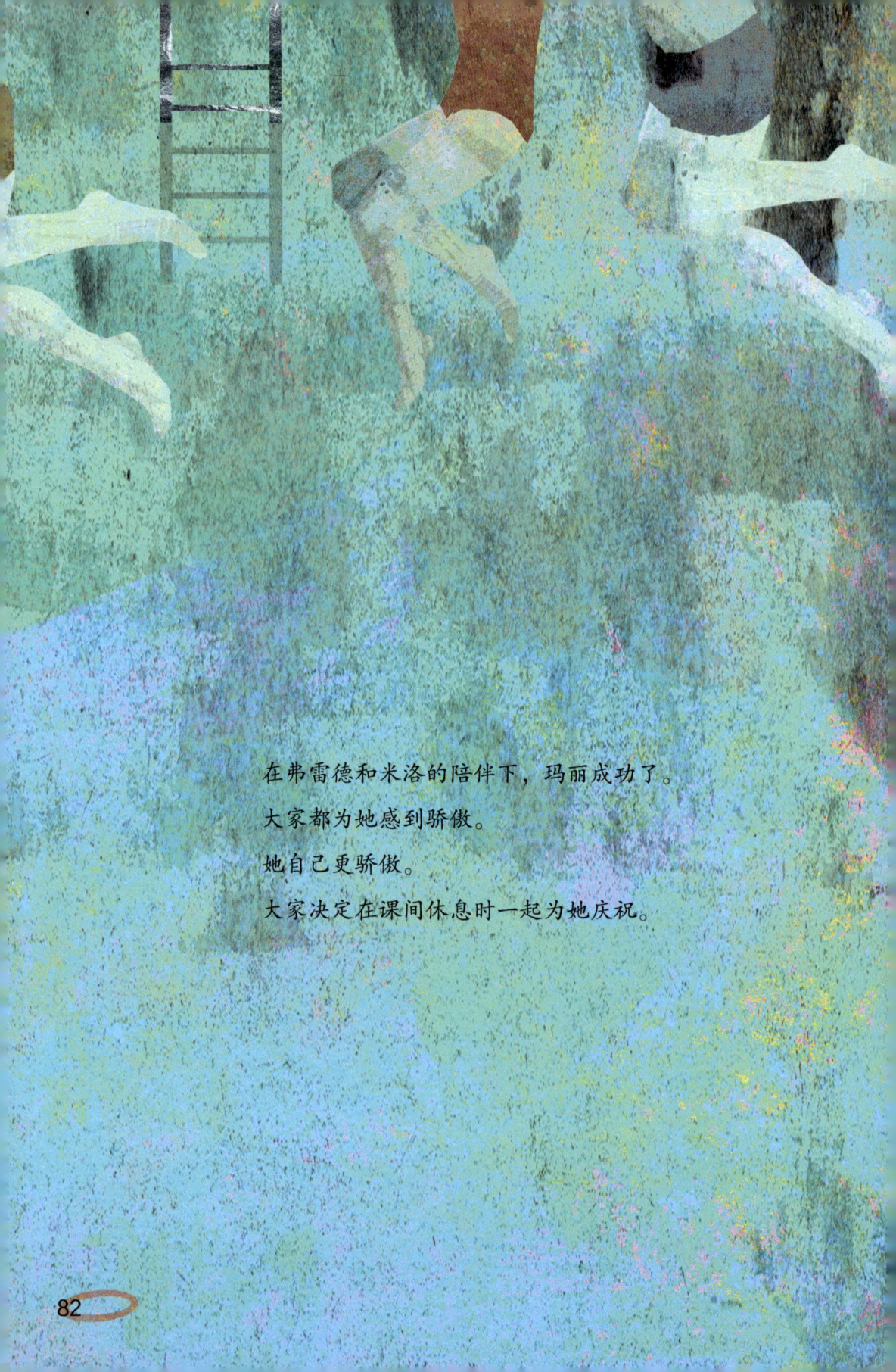

在弗雷德和米洛的陪伴下，玛丽成功了。

大家都为她感到骄傲。

她自己更骄傲。

大家决定在课间休息时一起为她庆祝。

挺身而出的勇气

课间休息时,马克斯又被好几个同学欺负了,这次仍然没人站出来为他说话。

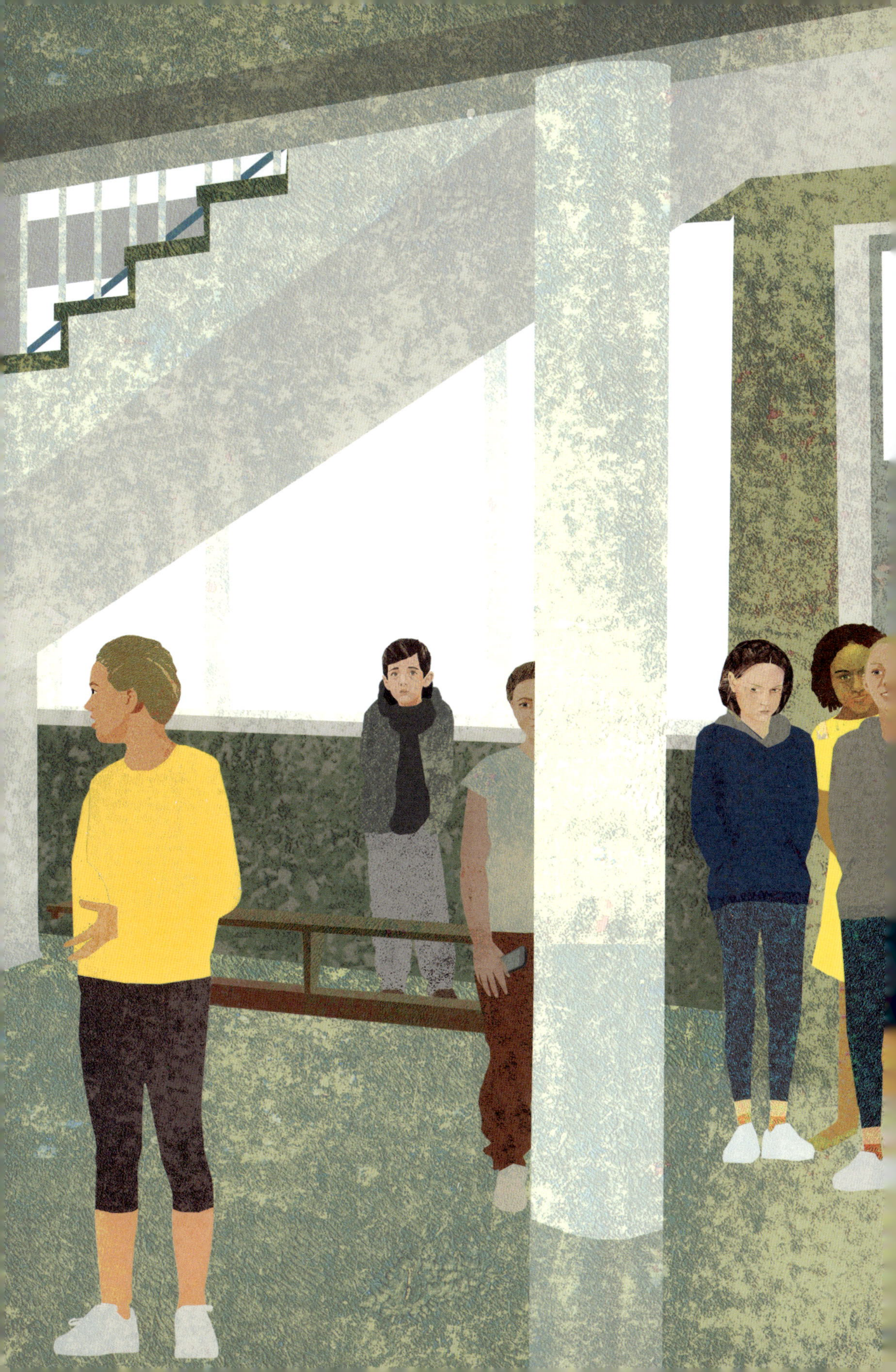

蒂莫目睹了一切,他为马克斯感到难过。但是,他又能做什么呢?他一个人寡不敌众,他也不想落到和马克斯一般的境地。

"不准告密。"有同学这么说。

"你知道的,告密者会是什么下场……"他们威胁道。

"再说,也没人会相信你!"

蒂莫该怎么做呢?

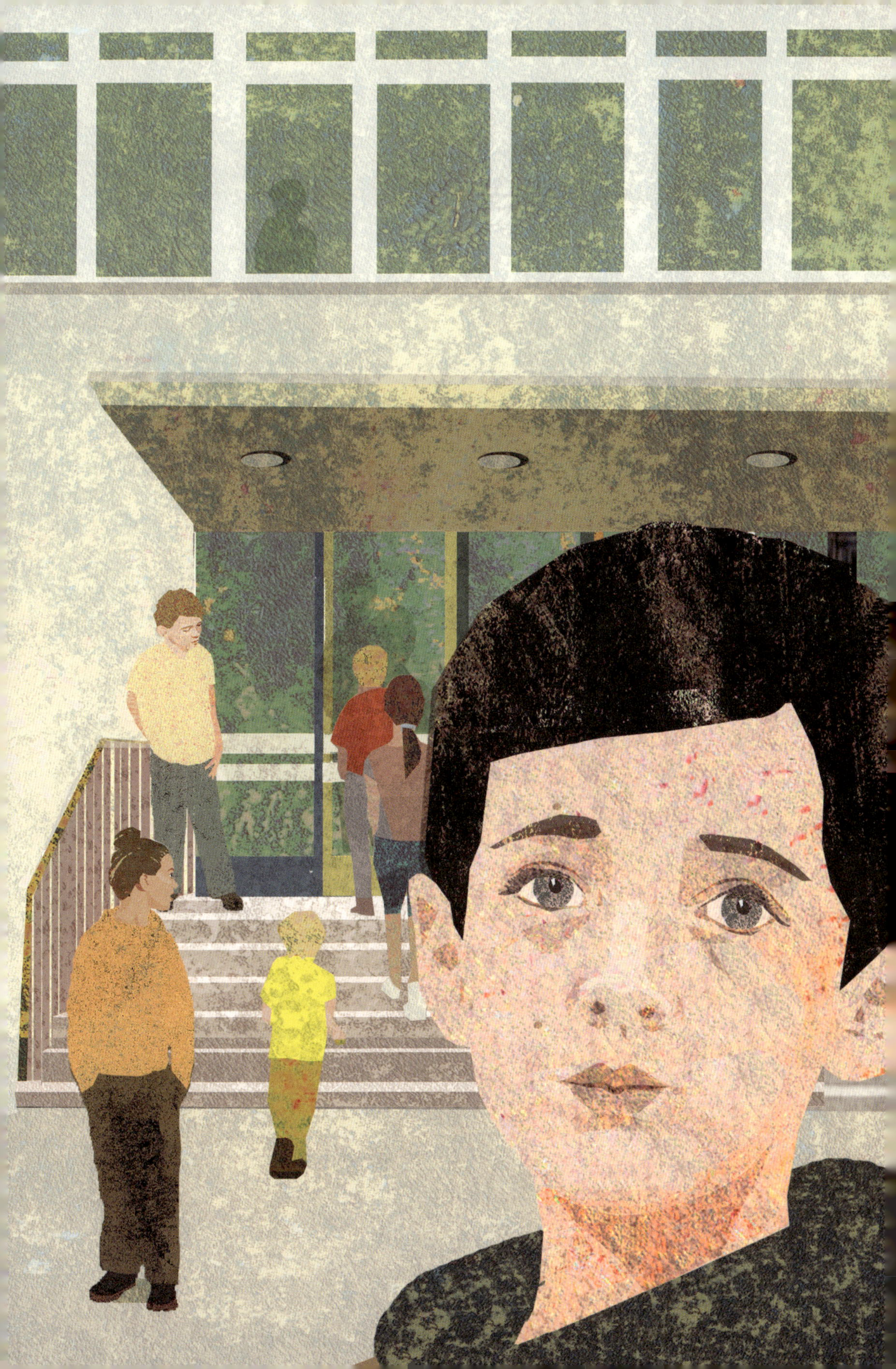

蒂莫对他姐姐说了这件事。

姐姐莱奥妮只有一个办法:"我们必须把这件事告诉老师,要马上制止这种事情。"

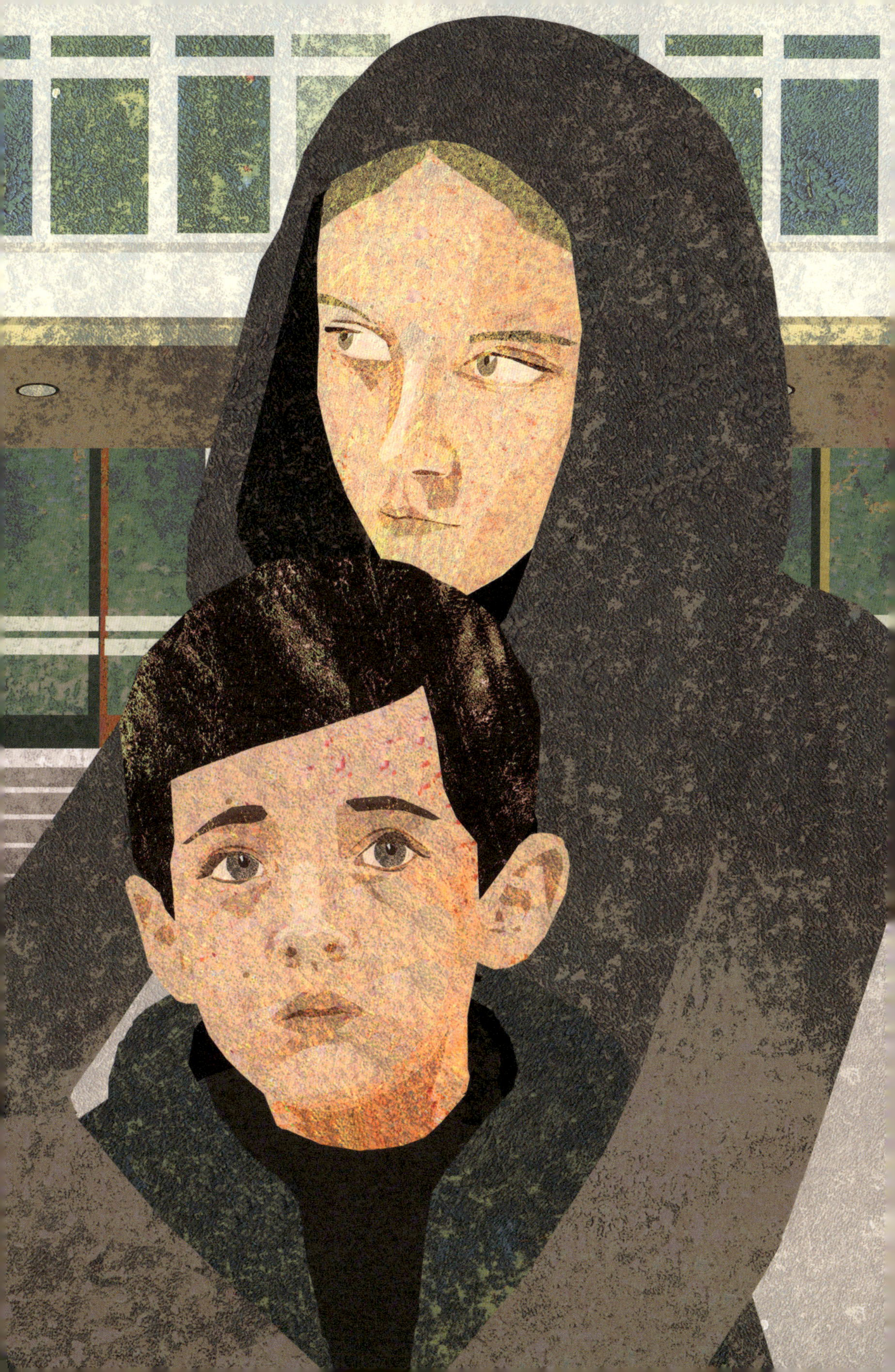

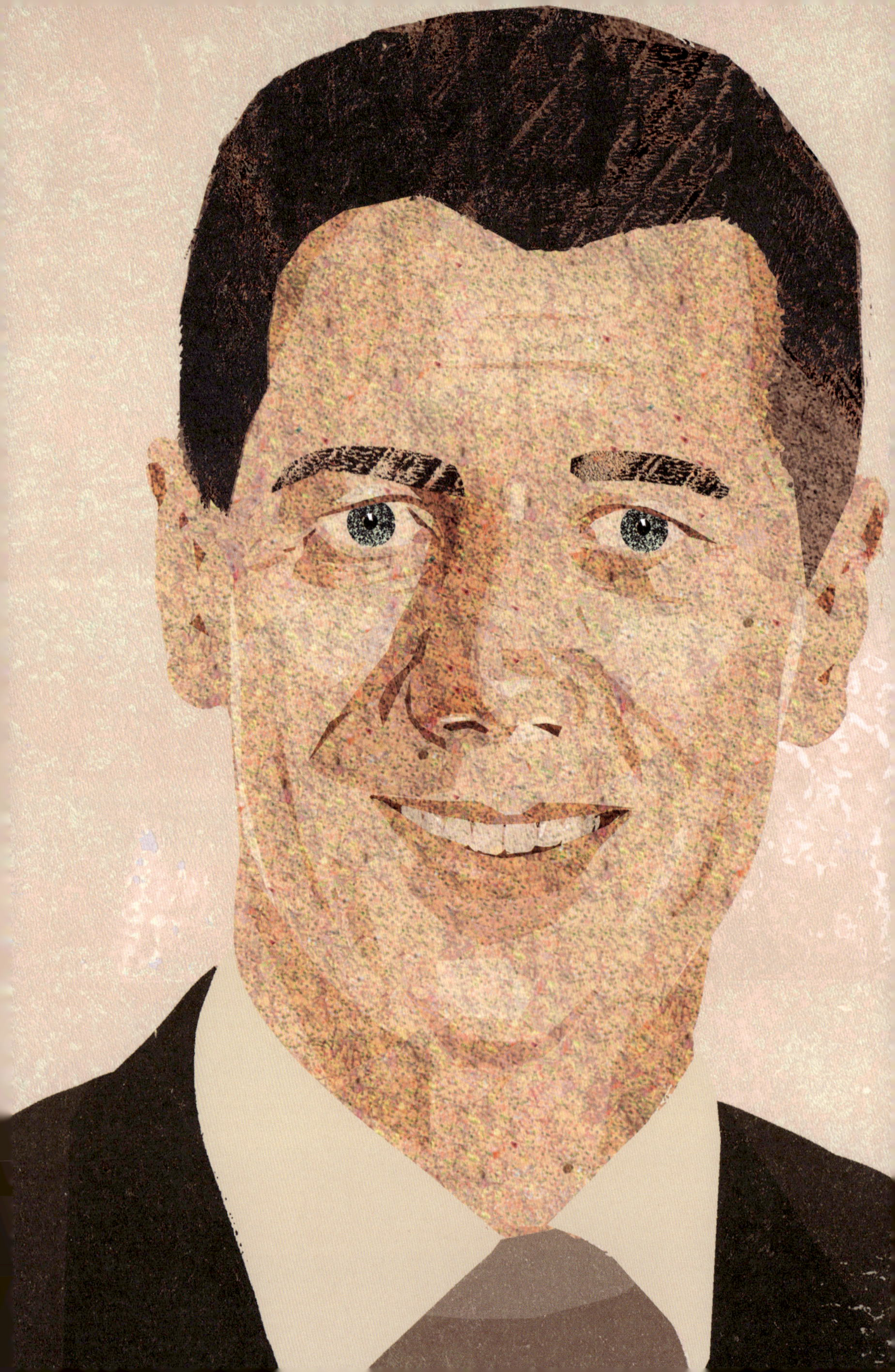

校长现在终于知道了汤姆和马克斯的事。

"我们学校，不允许有欺负同学的事情发生。"他说。

他给汤姆的爸爸打了电话。

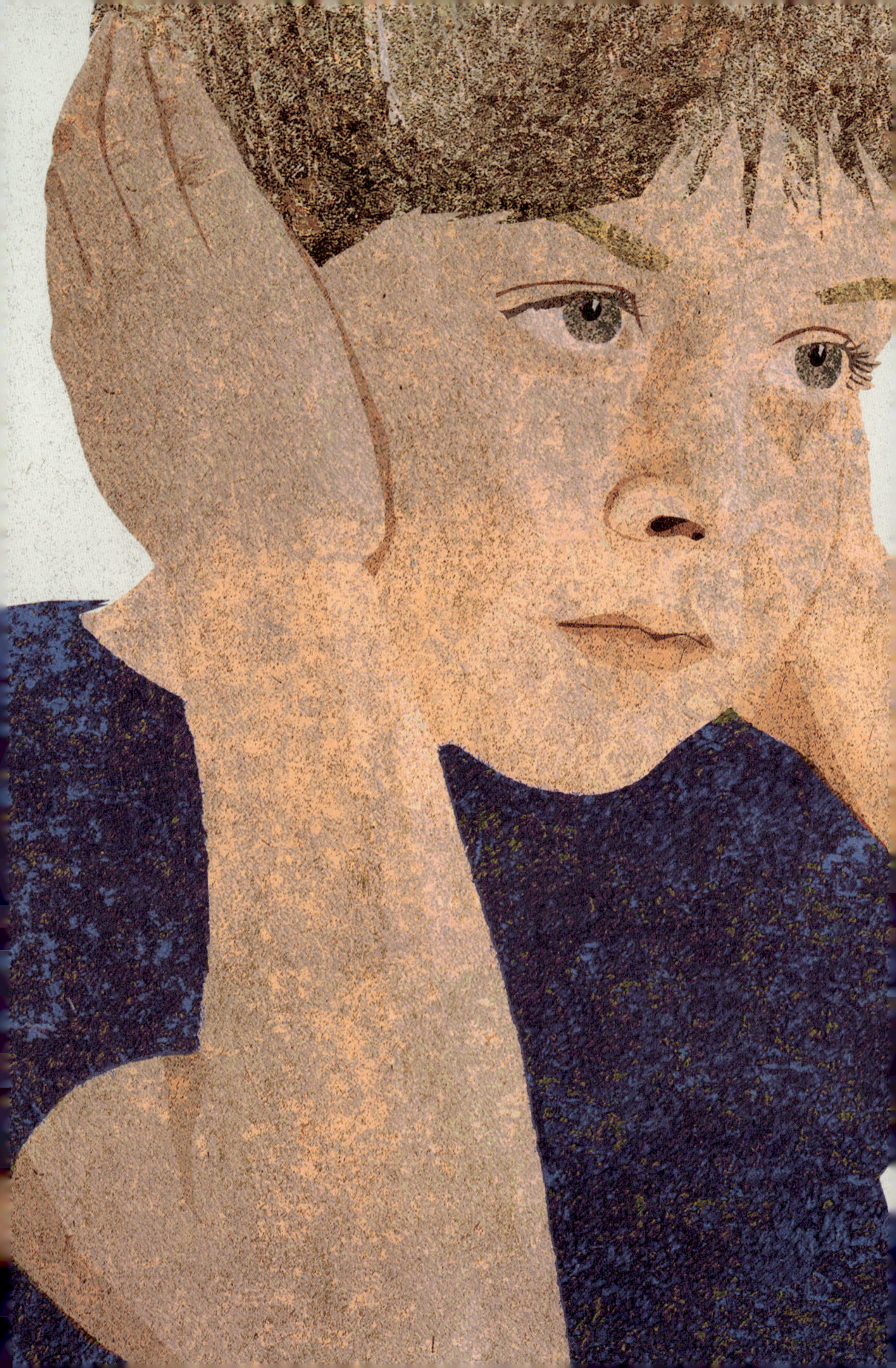

学校里总是会有欺负同学的事吧!
听听在我们学校里大家都在说什么吧:

滚回去,滚回老家去!

先把德语学好吧!　　　　　　　　你肯定一事无成!

你什么也不是!　　　　　他在这儿能干啥?

你在这儿没有朋友,趁早回家去吧!　　　你这个替罪羊!

你先学会如何正确地读书和写字吧。

你只是被领养的……　　　他就跟一个女孩似的哭。

你要是不愿意做我的好朋友,
我就让你一个朋友都没有。

想成才,得趁早。

你以为你是谁?

你什么也做不好。

你这个告密者!

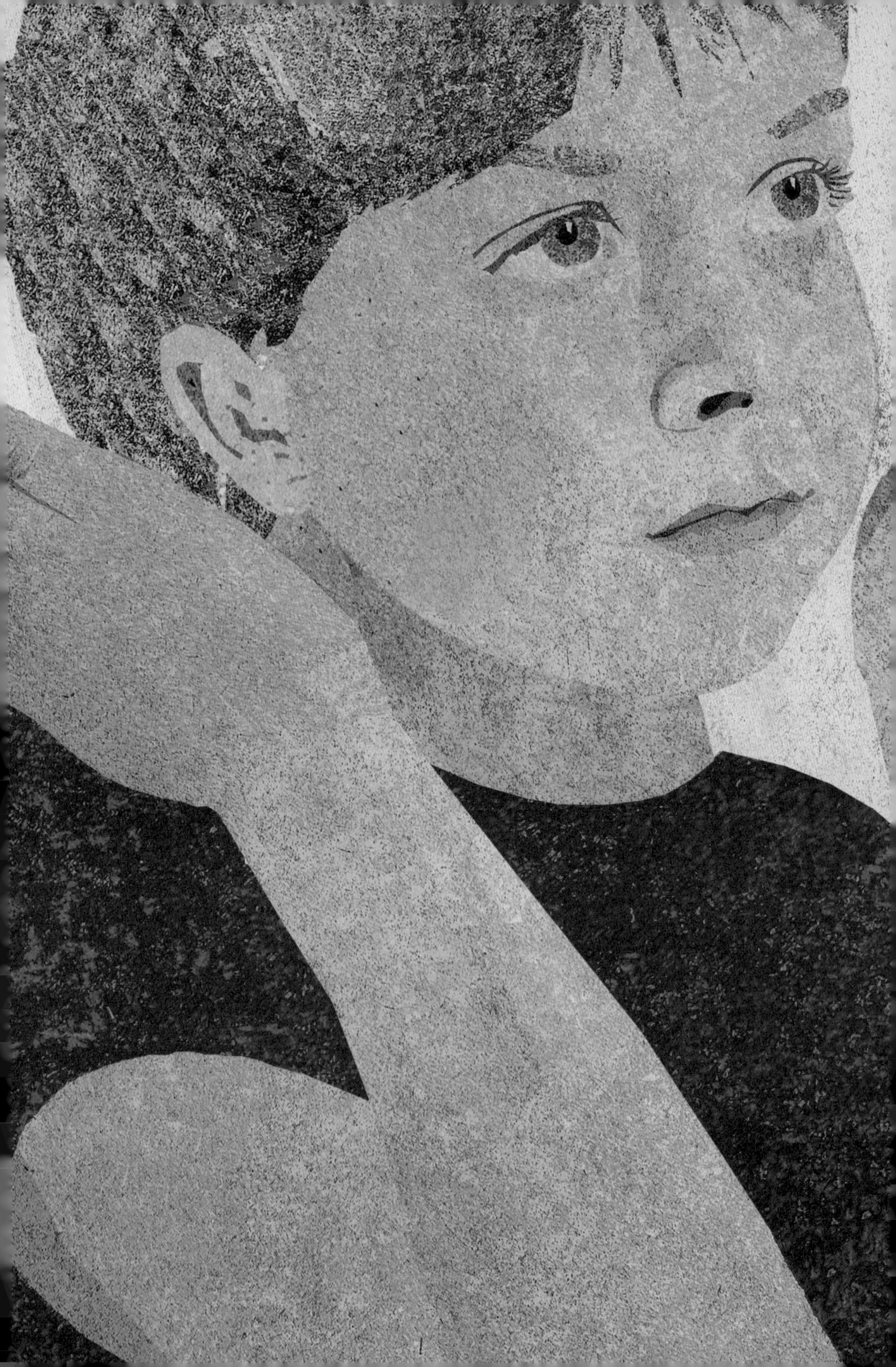

幸好我们还能听到另一些声音：

你没有错！

我相信你。　　　　　　　　我愿意听你说！

我们大家可以一起做一些什么事情吗？

我是支持你的……

其实你比他更强。

如果你需要，我现在有时间。

你不是唯一有这种感觉的人，只是没人敢说而已。

你不是一个人！

不，我很重视你！

如果再发生类似的事，请立刻来找我。

你比你自己想象的更强。

我会帮你的……

你很棒！你一直都很棒。

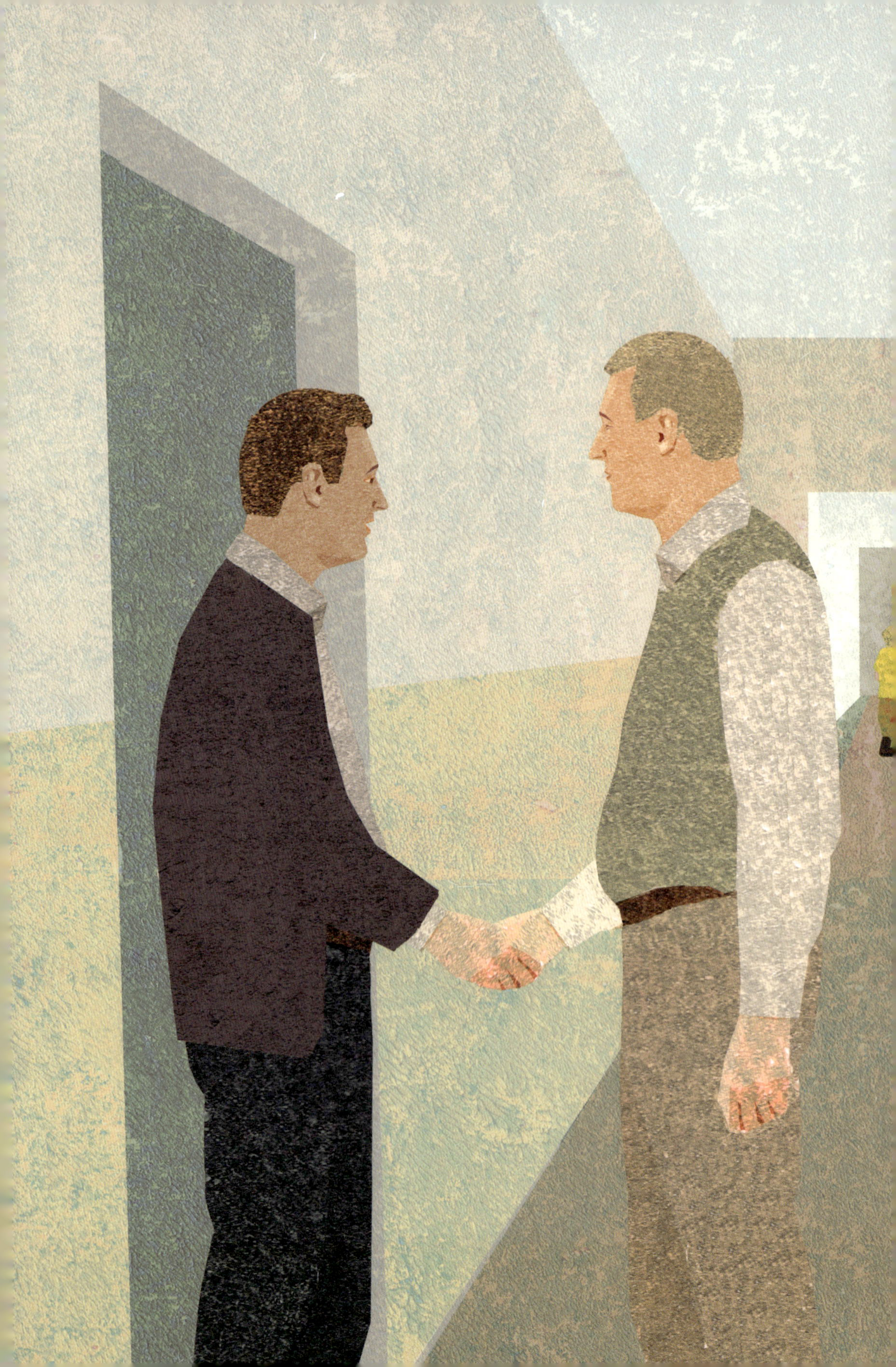

一点点嘲弄那是难免的嘛!

汤姆的爸爸不得不在下午去见了班主任。

"这一定不是我儿子干的!汤姆不会这么做,他是一个好孩子。

"我本来不想说什么,但是,马克斯的家庭好像有些乱七八糟的。他的父母是不是已经分居了?我不想做任何评价……

"可能他的母亲一个人生活,负担太重?马克斯也像汤姆一样是个好学生吗?

"您是知道的,汤姆将来是要当律师的,和我一样……

"人们必须看到事情的两方面,任何一件事都是有正反两面的……"

男孩们都是这样的!

唉,同学之间有一些小摩擦也是正常的……

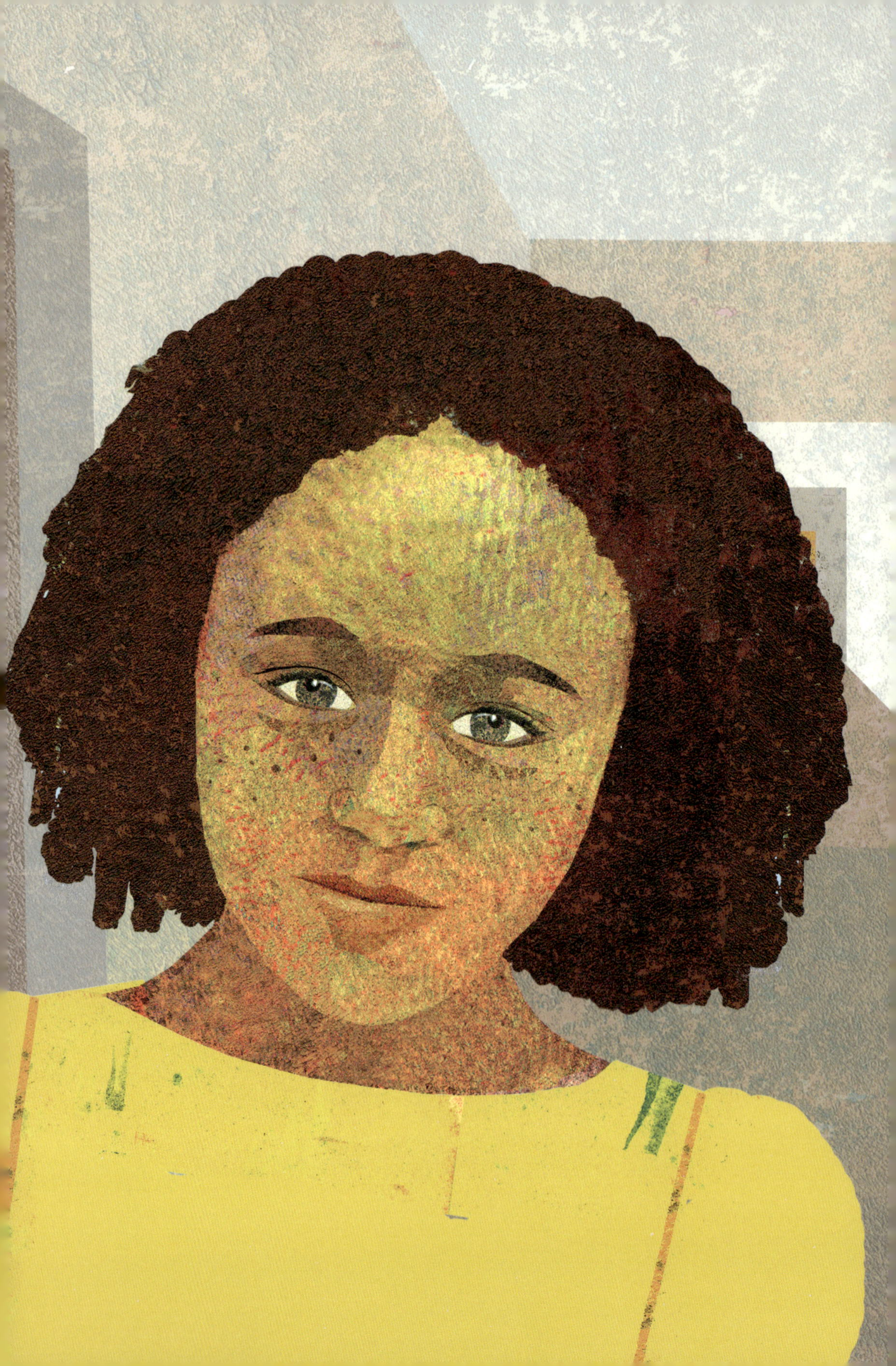

每个人都有烦恼

马克斯现在在哪里呢?

课间休息后就没人再见过他。

对大多数学生来说,今天只是普通的一天,学校生活仍在继续。

很多人并没有注意到课间休息时到底发生了什么……

在走廊里,我遇见了约翰内斯,他正要去上艺术课。

其实他并不想去上这门课,他不喜欢这门课的老师,甚至不愿意提老师的名字。

布拉姆斯女士是艺术课的老师,但约翰内斯从不提她的名字。

他只称她为"女巫"。

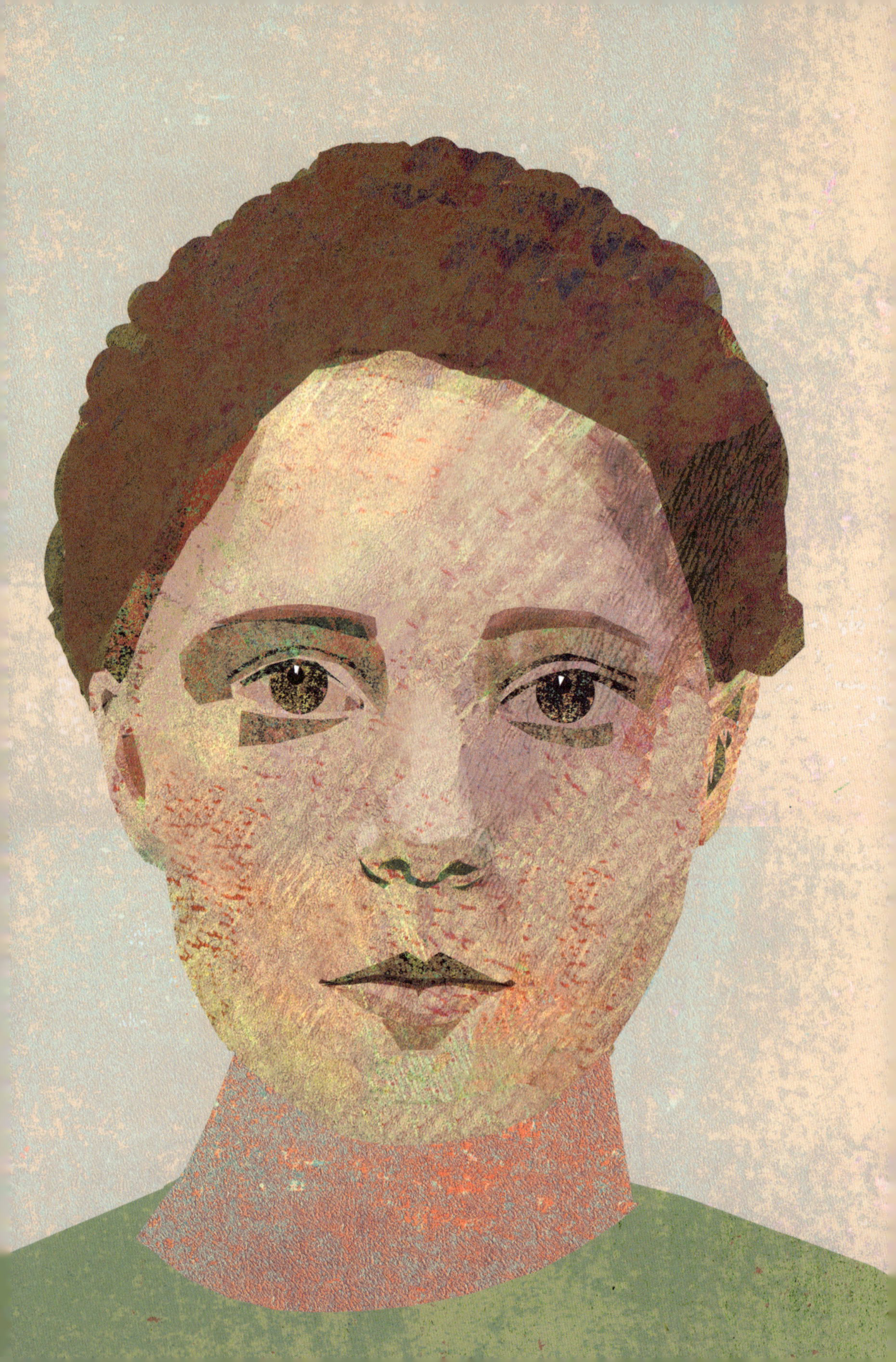

如果对一门课失去了兴趣，还能获得好成绩吗？

正因为你其他科目成绩不好，你才选择了艺术这门课。

数学比艺术更重要吗？

从外表来看，布拉姆斯女士并不像女巫。但是，约翰内斯认定她就是一个女巫。约翰内斯本来一直很喜欢艺术课，这门课给他带来了很多乐趣。

"艺术是一门需要认真对待的学科。"布拉姆斯女士说，"上我的课的同学，必须认真对待这门课，就像上数学课和物理课一样。"

布拉姆斯女士上课布置的第一个作业，约翰内斯就得了一个不及格的分数。不及格啊！从优秀到不及格，就这么简单……她告诉约翰内斯要加倍努力。

布拉姆斯女士也不让约翰内斯在家画画，因为她要知道他是否独立完成作业。如果约翰内斯在家里画，布拉姆斯女士也无法帮助他。但是，约翰内斯更愿意独自一人在自己的房间里画画……因此，约翰内斯对这门课失去了兴趣。

上课时，他只是坐在自己的位子上胡乱涂鸦。布拉姆斯女士也从不到他的座位边来，她更喜欢女学生。

一个老师可以夺走学生对自己喜欢的课程的兴趣吗？

老师可以偏爱自己喜欢的学生吗？

会有更喜欢女生而不喜欢男生的老师吗？

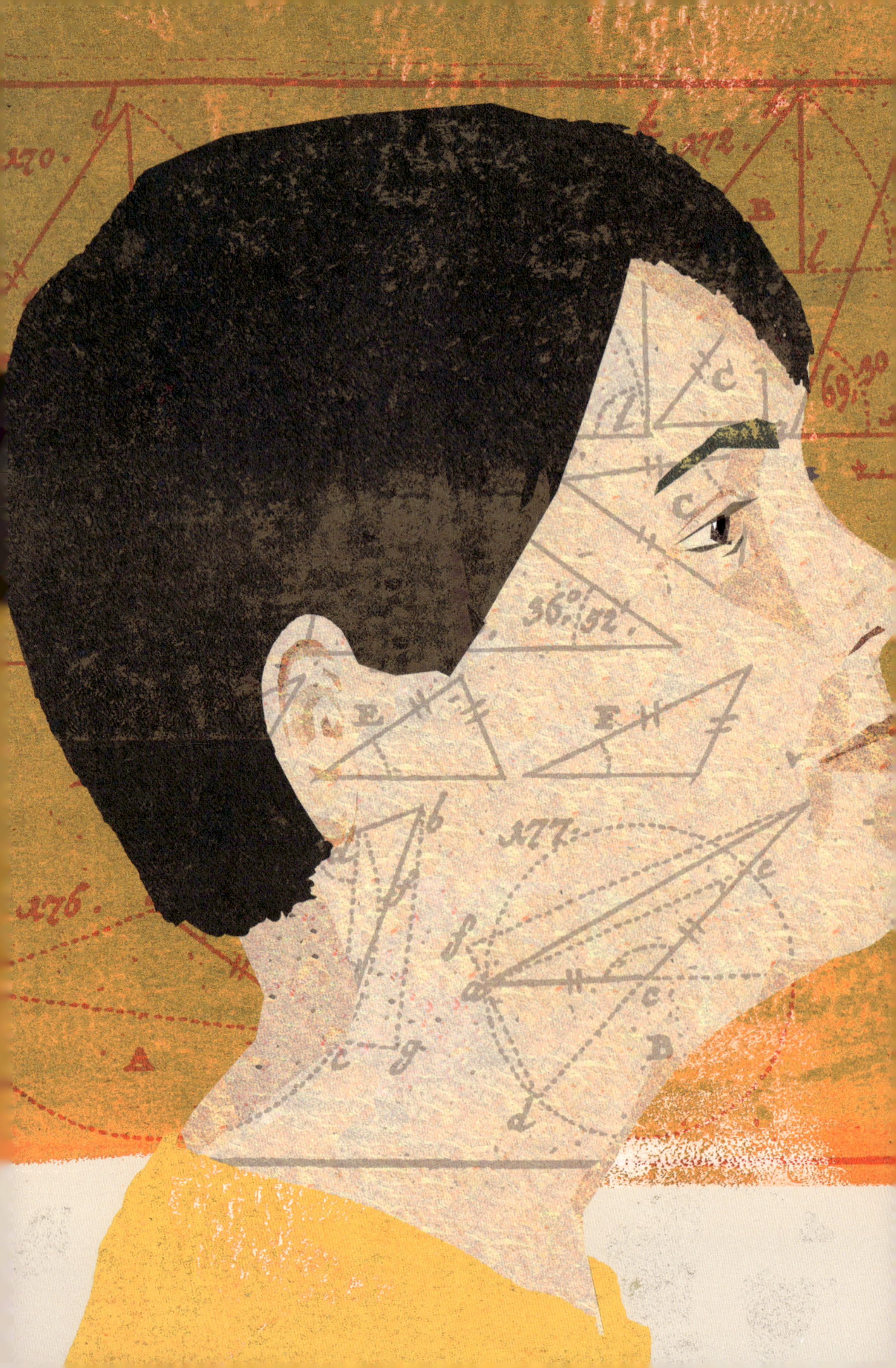

对布拉姆斯女士的做法，康斯坦丁就无所谓，他沉浸在自己的世界里。他做事有一套自己的原则，他喜欢独来独往，总能想到一些别人想不到的解决问题的方法。尽管他的一些行为比较独特，但我觉得他非常聪明。他总是说出他的真实想法，从不考虑其他人的感受。我知道他没有恶意，但有时，这样会伤害到别人。马琳觉得他很酷，但是她并不想与他有任何交集。

马琳啊……

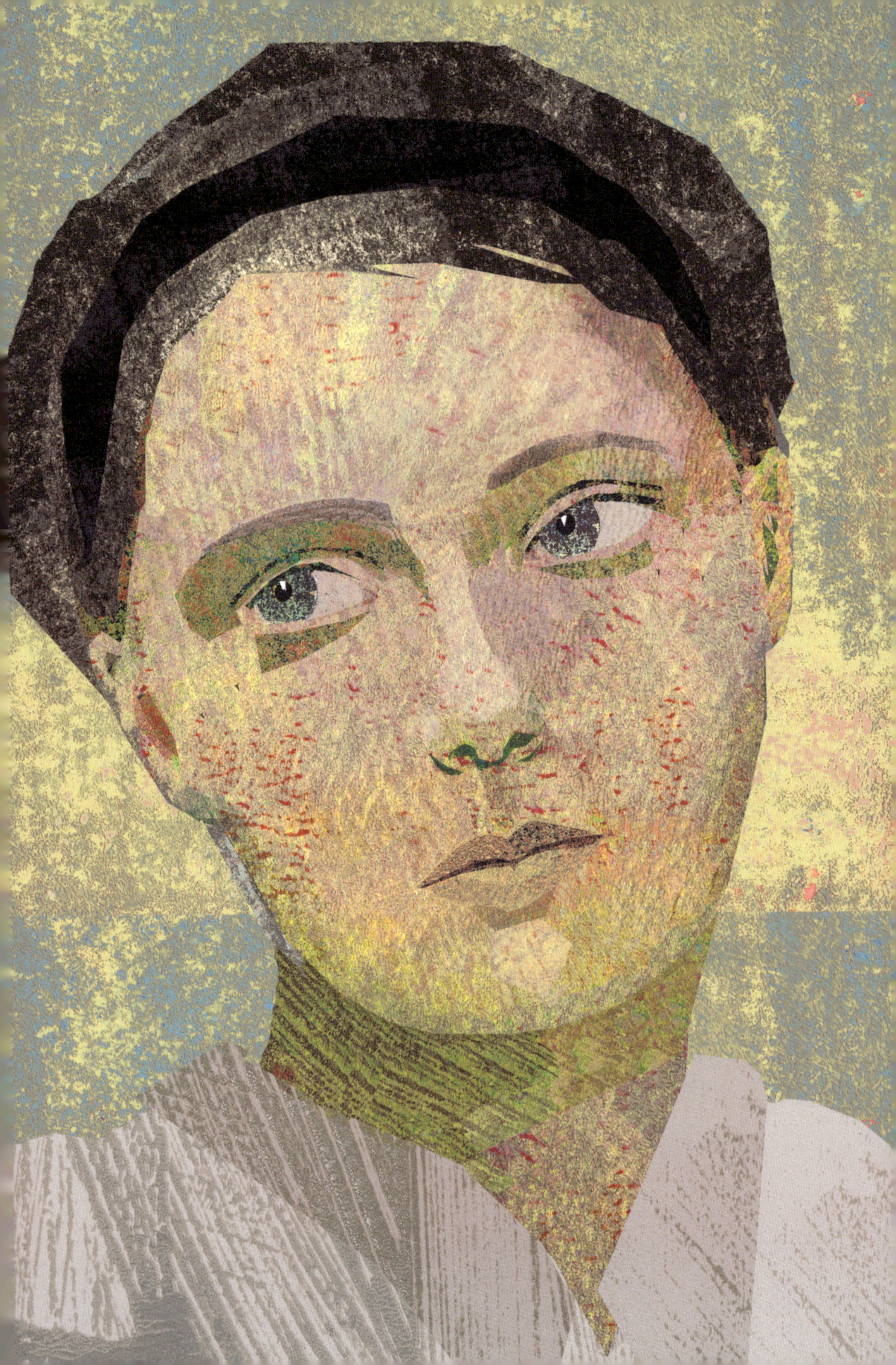

怎样才算长得漂亮？
谁来定义漂亮呢？
　　　　　　　　　长得漂亮的人会过得相对轻松吗？

　　　　我如果长得不那么漂亮，还会同样招人喜欢吗？

　　几乎所有人都认为马琳长得漂亮，她自己也这样觉得。她很享受人们对她的赞美，也时时刻刻都很注重自己的外表是否完美。她不需要刻意做什么，永远都是大家关注的焦点。

　　但我认为，其实她也觉得，想要时时刻刻看上去完美无缺，也是很辛苦的……

　　某些时候，她可能在想，其他人并不一定真正了解她。

到底为了谁，她要让自己表现得如此完美呢？

　　　　　　她如果不那么漂亮的话，会怎么样呢？

尤利娅可能长得不如马琳漂亮，但是，托比非常希望能和尤利娅交朋友，他是这么跟我说的。

到现在为止，他也没敢向尤利娅表明自己的想法。

谁知道呢，没准就今天吧……

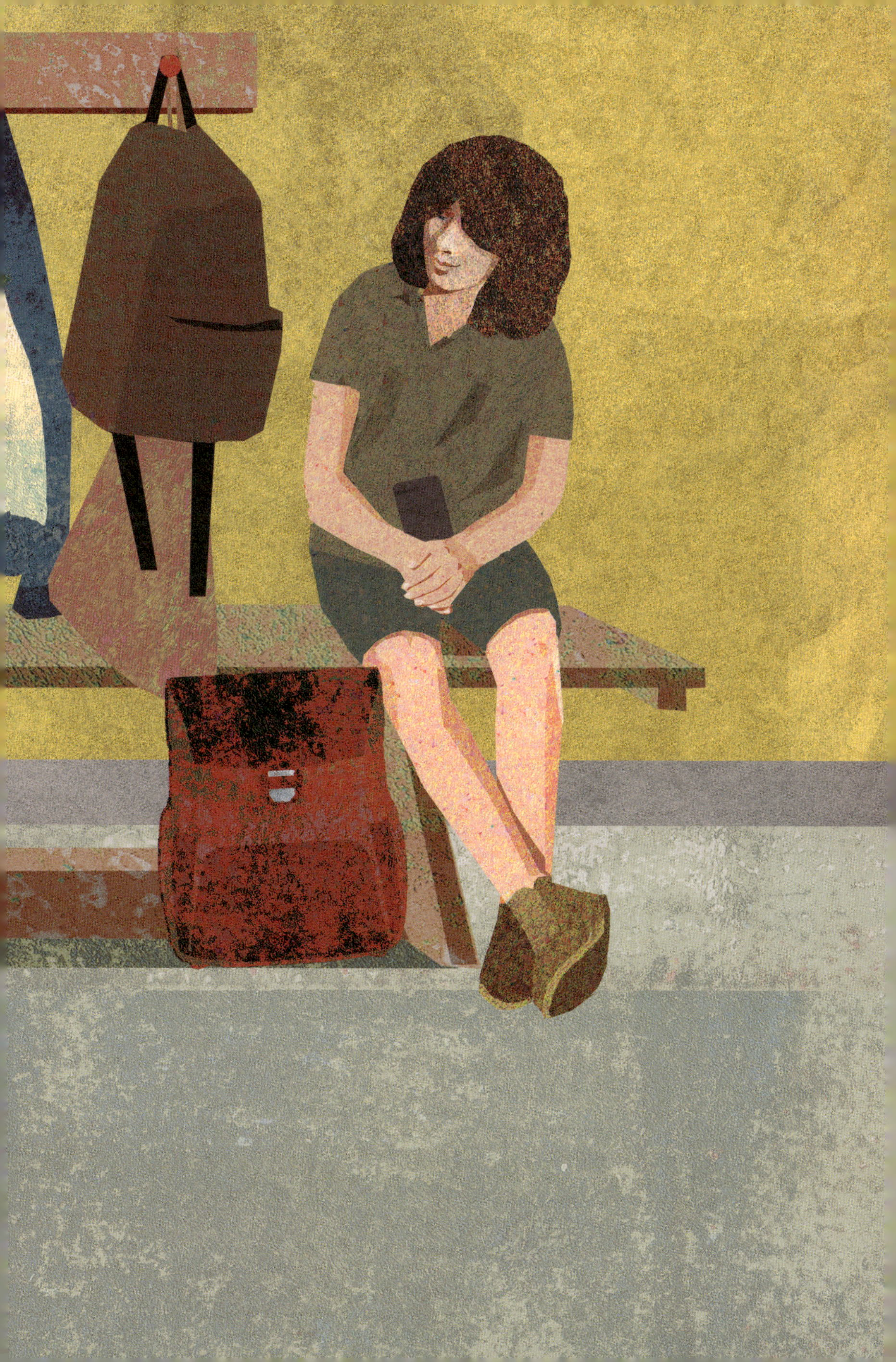

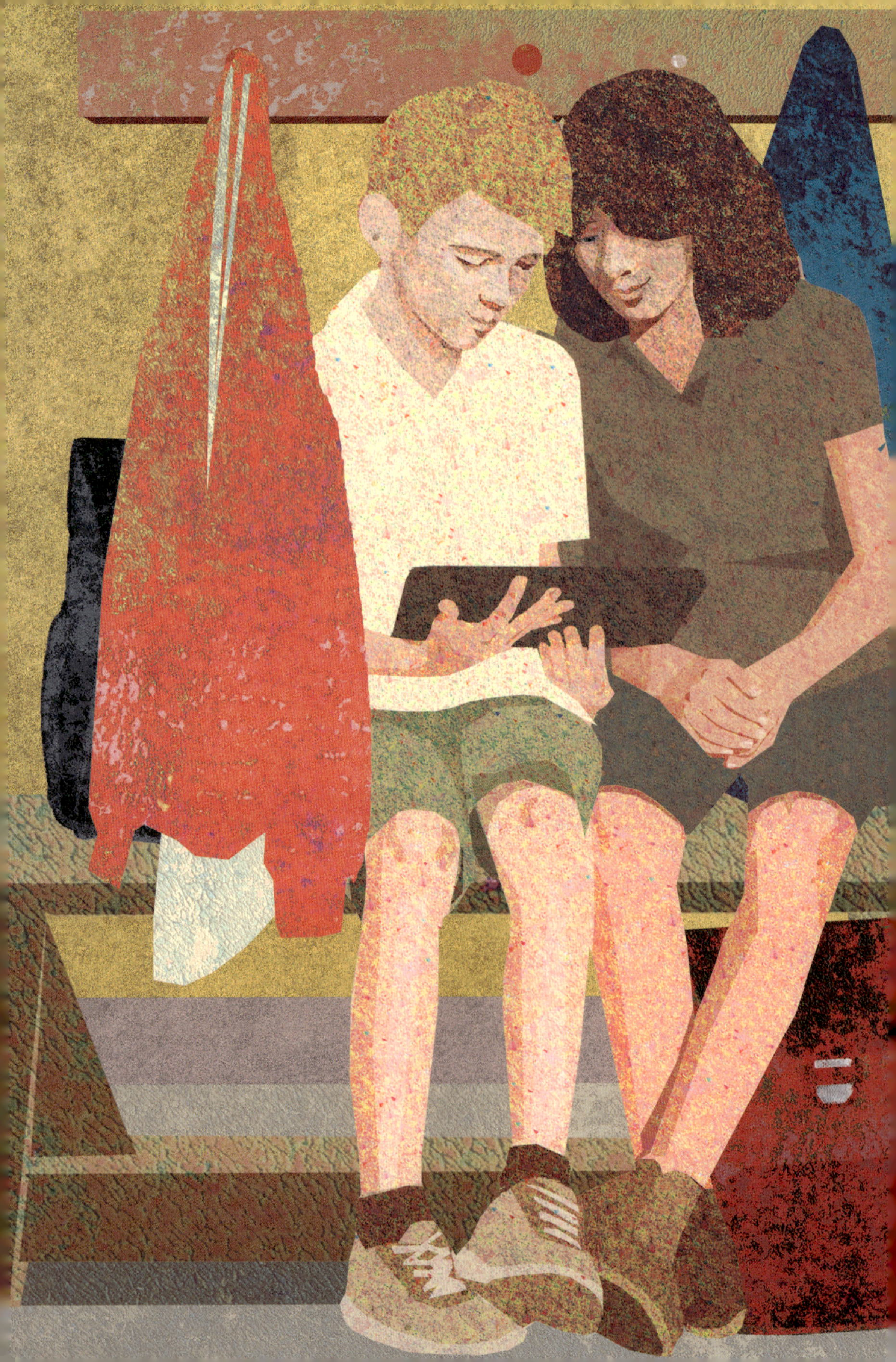

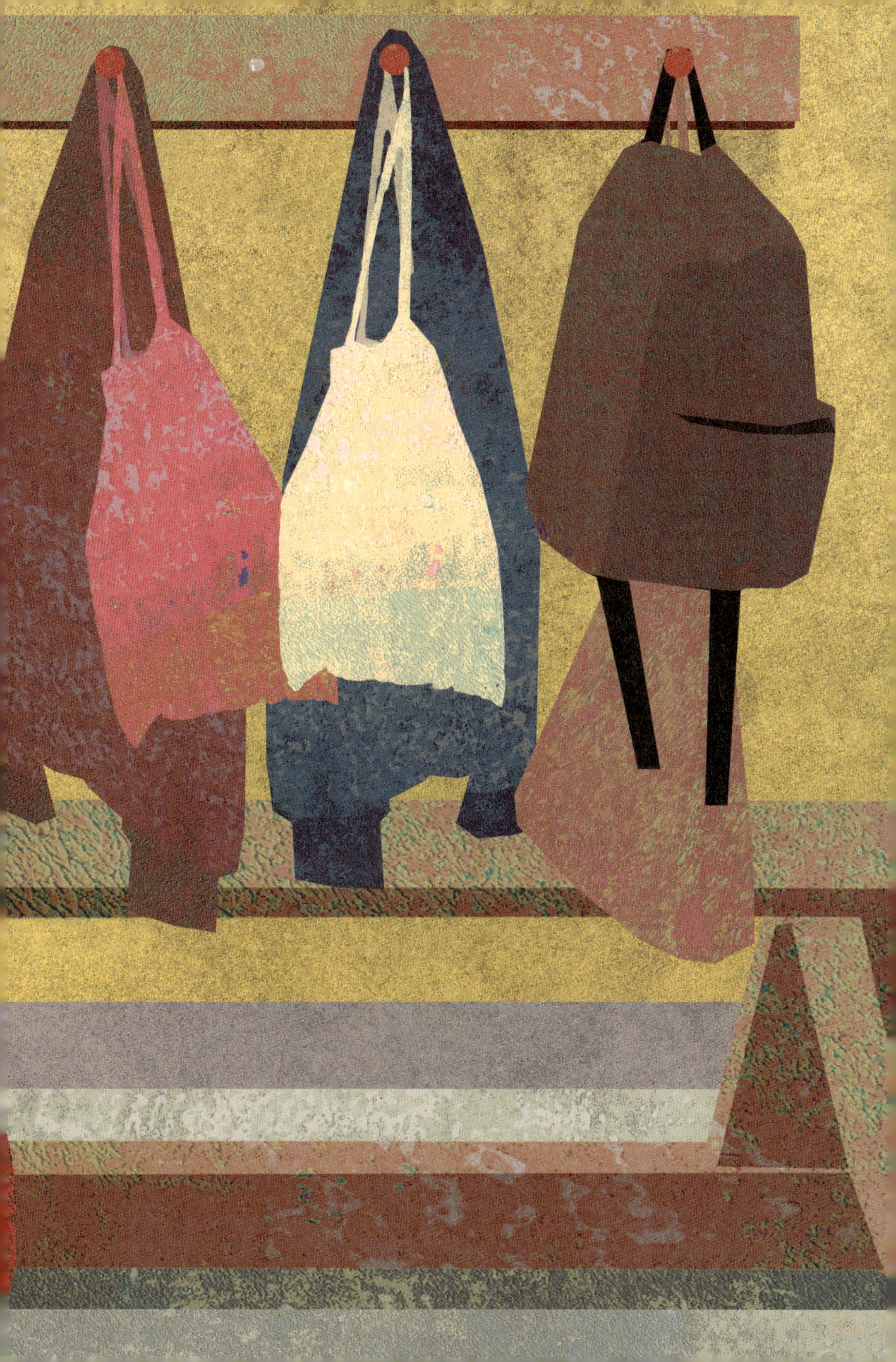

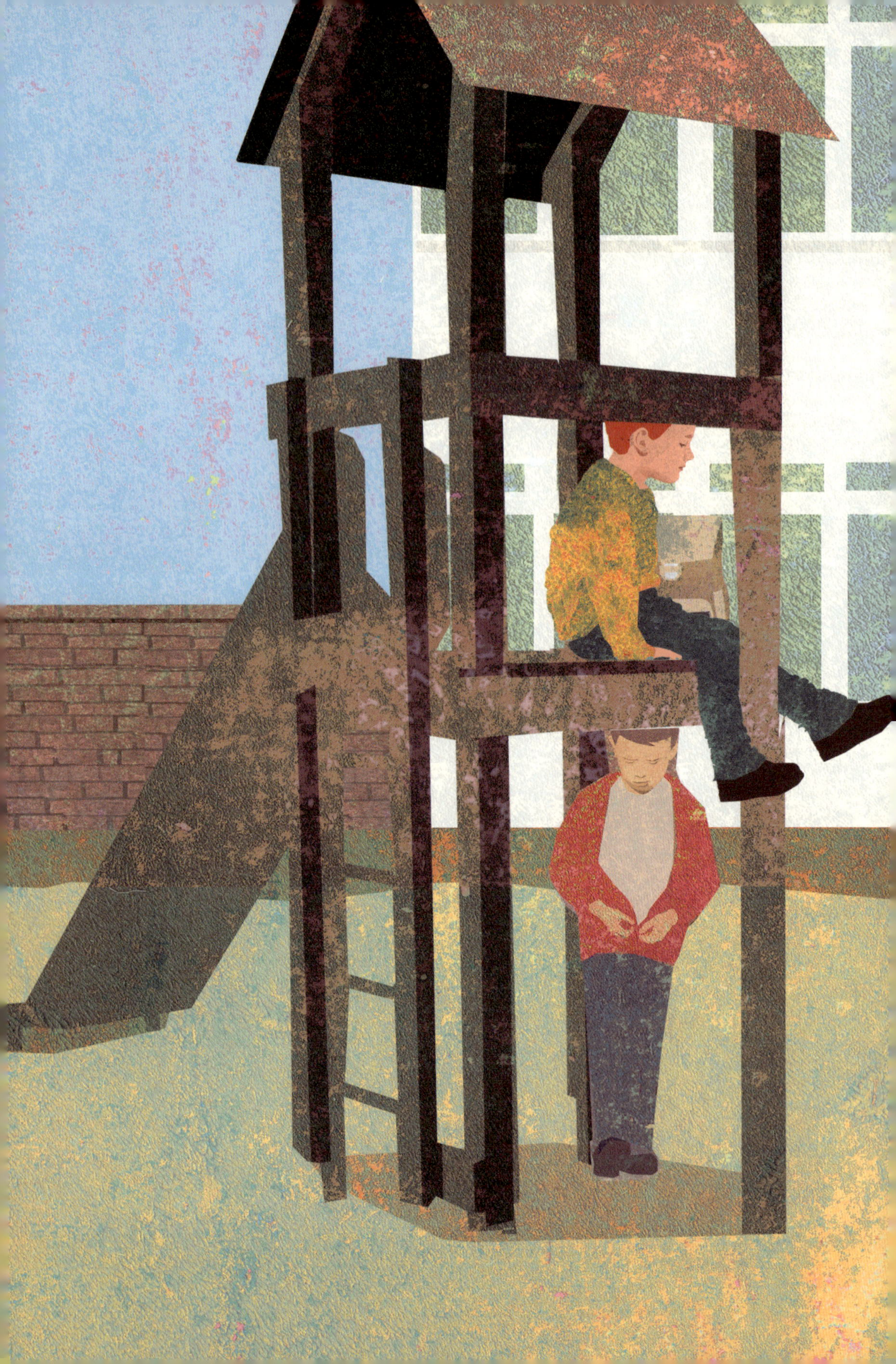

今天似乎是友谊之日。

你们还记得马克斯吧。

在课间休息之后,马克斯一直躲在操场上。

保罗也在那里。

他们两人聊了很多,发现彼此能够互相理解。看样子他们已经是好朋友了。

两个人在一起肯定更强大……

现在，在我们学校发生了些什么，你都知道了。

你们学校是什么样的呢?